볼보와 볼보

볼보와 볼보

1판 1쇄 펴낸날 2025년 5월 20일

지은이 김혜연
펴낸이 김민지

편집 박다예, 최성휘
마케팅 백민열, 김하연

펴낸곳 미래M&B
등록 1993년 1월 8일(제10-772호)
주소 04030 서울시 마포구 동교로 134 미진빌딩 2층
전화 02-562-1800(대표)
팩스 02-562-1885(대표)
전자우편 mirae@miraemnb.com
홈페이지 www.miraeinbooks.com
블로그 blog.naver.com/miraeibooks
인스타그램 @mirae_inbooks

ISBN 978-89-8394-992-9 (43810)

＊잘못 만들어진 책은 구입처에서 바꾸어 드립니다.
＊이 책은 저작권법에 따라 보호를 받는 저작물이므로 무단 전재 및 복제를 금합니다.

볼보와 볼보

김혜연 장편소설

미래인

차례

하얀 집 • **은수** • 007

포클레인에 돌을 천 개쯤 던지면 • **주현** • 037

마당의 침입자들 • **종훈** • 055

나의 볼보 • **은수** • 083

잡초의 마음 • **주현** • 096

나의 포클레인 • **종훈** • 118

누군가의 짐은 되고 싶지 않아 • **동수** • 132

아무 일도 없던 것처럼 • **은수** • 156

슬픈 냄새가 나는 사람들 • **볼보** • 171

작가의 말 • 182

하얀 집

―――――――――――――――― 은수 ――

쾅! 현관문이 부서질 듯 큰 소리를 내며 닫혔다. 은수는 등을 떠밀린 듯 계단을 달려 내려갔다. 계단참 천장 등이 반짝 켜졌다. 어둠이 점령해 있던 서글픈 공간이 은수가 나아감에 따라 노르스름하게 밝아졌다.

공동 현관문을 나서자 찬바람이 몸을 휘감고 얼굴을 때렸다. 추웠지만, 아팠지만 계속 달렸다. 갈 곳은 없었다. 가장 익숙한 곳, 그곳을 향했다. 마침내 도착한 공원에서 은수를 맞이하는 건 어둠과 바람, 헐벗은 나무들뿐이었다. 아침에 새별과 함께 앉아 있던 벤치에는 바람이 실어다 놓은 마른 낙엽 몇 장이 있었다. 이곳에 두려움과 추위를 달래 줄 만한 건 아무것도 없었다. 은수는 벤치 끝에 살짝 엉덩이를 걸쳤다. 바람이 마침 공격할 대상을 만났다는 듯 덤벼들었다. 은수는 몸서리를 치며 일어나 공원 한쪽에 있는 미끄럼틀 아래로 들어가 쪼그리고 앉았다. 날뛰던 심장이 차분해지자 조금 전에 일어난 일이 머릿속에 재생되었다. 믿을 수도 없고 있을 법하지도 않은 장면이었다. 하지만 여전히 뺨과 귀가 얼얼했다. 묵직한 집 안 공기를 찢고 터져 나온 엄마의 비명도 떠올랐다.

"은수야, 은수야!"

꿈결에서처럼 엄마 목소리가 다시 들렸다. 몸이 이대로 얼어 버리는 건 아닌가, 이 상태로 얼마나 있으면 죽게 될까. 이런 생각이 들기 시작할 때였다. 몸을 일으켜 미끄럼틀 밖으로 나갔다. 발이 저려 제대로 걸을 수가 없었다.

'엄마……'

목소리도 얼은 듯 나오지 않아 입만 벙긋거렸다.

"은수야!"

공원 한가운데에서 갈라진 목소리로 딸의 이름을 외치고 있는 엄마를 보자 이제껏 끄떡없던 눈물샘이 열려 버렸다. 다 큰애가 놀이터에서 우는 건 너무 한심한 것 같아 애써 울음을 삼켰는데 목에서 말 울음소리 같은 희한한 소리가 나왔다. 마침내 엄마가 은수를 발견하고 달려왔다. 은수는 몸이 잘 펴지지 않아 양손으로 무릎을 짚고 엉거주춤 서 있었다. 엄마는 아무 말 하지 않았다. 그저 들고 온 패딩을 입혀 주고 목도리를 칭칭 감아 주었다. 그러고는 은수 손을 잡고 말했다.

"가자."

"싫어."

은수가 손을 빼며 말했다.

"집에 가는 거 아니야."

"그럼?"

엄마는 말없이 은수 손을 다시 잡고 도로 쪽으로 걸었다. 아홉 시도 되지 않았을 텐데 거리에는 사람이 거의 없었다. 도로 양쪽으로 빽빽하게 서 있는 아파트의 창문에는 대부분 불이 켜져 있었다. 여전히 바람이 불고 있지만 아까처럼 춥지는 않았다. 은수 손을 꼭 잡고 한 걸음 앞서가던 엄마 발걸음이 빨라졌다. 엄마가 은수 손을 놓고 한 손을 번쩍 들더니 '택시!' 하고 외쳤다.

"고속버스 터미널로 가 주세요."

택시에 앉자마자 엄마가 기사에게 말했다. 은수는 의아한 눈으로 엄마를 보았다. 시선을 느꼈을 텐데 설명을 하지 않았다. 밝은 데서 보니 엄마 꼴이 말이 아니었다. 집 앞 편의점에 갈 때도 립스틱을 바르는 엄마가 머리는 산발에 입술에 거스러미가 하얗게 일어나 있었다.

"문 좀 다시 닫아요."

택시 기사가 신경질적으로 말했다.

"아, 죄송해요."

엄마 외투 자락이 끼어 차 문이 제대로 닫히지 않았나 보았다. 문을 다시 열고 닫았는데 또 닫히지 않았다.

"으이 씨."

기사가 뱉은 무례한 소리에 은수는 정면에 있는 룸 미러를 보았다. 힐끗 뒷자리를 보던 기사와 눈이 마주쳤다. 은수는 분노를 가득 담은 눈으로 기사를 째려보았다. 엄마가 들고 있던 은수 가방을 무릎에 놓고 외투 자락을 정돈하고 문을 다시 닫았다. 은수는 엄마가 자신의 가방을 갖고 있는 걸 이제야 보았다. 가방 안에는 휴대폰과 노트북, 책상 위에 있던 공책과 필기도구, 옷가지 같은 게 들어 있는 뚱뚱한 여행용 파우치가 있었다.

"당분간 칠 남매 집에 가 있어. 당장 필요한 것만 챙겨 왔어. 다른 건 택배로 곧 보내 줄게."

묻고 싶은 건 많았지만 은수는 질문도 대꾸도 하지 않았다. 기사가 귀를 쫑긋 세우고 뒷자리 모녀를 탐색하는 것 같았기 때문이다. 목적지에 도착할 때까지 차창 밖을 보며 조용히 엄마의 마음을 헤아리기로 했다.

"터미널에 외삼촌이 나와 있을 거야."

"삼촌이 거기 있어?"

"응. 이모가 베트남에 있는 민이한테 가 있잖아. 그래서 집이 비니까."

"아, 엄마는 안 가?"

"출근해야지."

은수는 더 이상 묻지 않았다. 앞으로의 일에 대해 생각할 거리는 태산 같았지만 당장은 너무 피곤했다. 은수에게 오늘 하루는 한 달 아니 거의 1년 동안 써야 하는 정신적 힘이 필요한 날이었다. 은수의 십년지기 친구 새별이 오늘 이사를 갔다. 멀리 제주도로. 초등학교 1학년 때 짝이었던 새별, 10년간 자매처럼 붙어 지낸 친구와 이별을 한 날, 은수는 태어나서 처음으로 아빠한테 맞았다. 물리적인 폭력은 처음이지만 그간 아빠에게서 받은 정신적인 학대를 떠올리면 차라리 맞는 게 나았다는 생각이다. 엄마는 괜찮을까? 은수는 엄마 손을 꼭 쥐었다. 엄마가 다른 한 손을 은수 손 위에 올려놓고 감쌌다. 걱정하지 말라는 듯이.

"아, 신발을 못 챙겨 왔네. 발 시리겠다."
터미널 대기실에 앉아 있는데 차표를 사러 갔다 온 엄마가 은수 발을 보고는 말했다. 그러고 보니 발에 감각이 없었다. 엉겁결에 꿰차고 나온 크록스 구멍으로 바람이 술술 들어왔을 텐데 깨닫지도 못했다.
"양말이 두꺼워서 괜찮아. 신발도 보내 줘. 초록색 나이키 운동화로. 그게 편해."
"알았어. 필요한 물건 카톡에 올려. 다 보낼게."
"응."
"10분 뒤 출발이야. 아슬아슬했네."
"그러게."
"이거 가면서 먹고. 저녁도 못 먹었잖아. 문 연 데가 별로 없어서 그냥 빵이랑 주스 샀어."

엄마가 프랜차이즈 제과점 로고가 그려진 쇼핑백을 내밀었다. 커다란 쇼핑백이 터질 정도로 빵이 가득 들어 있었다.

"뭐가 이렇게 많아, 전투 식량이야?"

은수가 쇼핑백 안을 들여다보며 어이없다는 듯 웃었다.

"좀 많았나?"

잔뜩 굳어 있던 엄마 표정이 비로소 살짝 풀어졌다.

"엄마…… 미안해. 아빠한테 그러면 안 되는데 나도 모르게……."

은수가 고개를 들고 말했다.

"차차 생각하자. 당분간 마음 편히 있어. 개학해도 온라인 수업 할 거라니까 괜찮잖아. 얼른 버스 타."

엄마가 은수 얼굴에 내려온 머리카락을 정돈해 주며 말했다.

늦은 밤에 남쪽 도시로 출발하는 고속버스에는 승객이 많지 않았다. 듬성듬성 빈자리가 눈에 띄었다. 먼저 자리를 잡은 승객들은 모두 팔짱을 끼고 눈을 감고 있었다. 은수가 자리에 앉자마자 버스 문이 닫혔다. 버스가 고속 도로에 진입하자 실내조명이 꺼졌다. 버스가 달리는 3시간 반 동안 바깥도 안도 어두워 아무것도 보이지 않았다. 은수는 자다 깨다 하면서 버스에 실려 이동했다. 잠깐 잠이 들었다가 악몽을 꿔서 깨고, 손톱을 물어뜯다가 다시 졸다 보니 K시에 도착했다.

버스에서 내리니 무릎 쪽이 너덜너덜한 청바지에 검정 비니, 검정 패딩으로 중무장한 남자가 서 있었다. 눈만 간신히 보였지만 은수는 삼촌을 한눈에 알아보았다. 오랜만에 보는 거지만 삼촌은 달라진 게 없었다. 패딩 점퍼 주머니에 손을 푹 찔러 넣고 짝다리로 서 있는 게 완전 불량 청소년의 자태다. 이제 삼촌도 40대인데 너무 철이 없어 보인다. 그런데 그 모습을 보자 왠지 안심이 되었다. 마음이 편안해졌다.

"삼촌, 안녕."

은수가 한 손을 들어 보이자 삼촌이 다가왔다.

"멀쩡하네. 오밤중에 애를 받으러 나오라기에 뭔 사달이 난 줄 알았더니. 눈물 자국도 없고."

삼촌이 얼굴을 은수 쪽으로 들이밀더니 말했다.

"일단, 축하해."

은수는 삼촌 얼굴을 밀어내면서 짐짓 쾌활하게 말했다.

"뭘?"

"내 양육자가 된 걸."

"어어, 그건 아니지. 누가 양육자야? 너 얼렁뚱땅 집안일도 안 하고 무임승차하겠다는 속셈인 것 같은데…… 나도 다 계획이 있어."

삼촌이 은수의 가방을 받아 들고 앞장서 가며 구시렁댔다. 알아들을 수는 없었다. 별 의미도 없는 말이었을 것이다. 한밤중에 쫓기듯 집에서 나와야 했던 조카와의 대면에 침울한 분위기가 끼어들지 않게 하려는. 삼촌은 연기를 하는 사람이니까. 비록 주목받아 본 적 없는 배우지만.

　삼촌이 운전하는 자동차가 터미널이 있는 시내를 벗어났다. 얼마 가지 않아 불빛이 드문드문해졌다. 은수는 차창을 살짝 열었다. 좁은 틈으로 바람이 훅 달려 들어왔다. 바람에 찬 기운이 느껴지지 않았다. 출발 전, 집 앞 공원에서 만난 바람과는 온도도 냄새도 달랐다. 새벽 공기를 한껏 들이마셨다. 기분인지 몰라도 대도시의 공기와는 뭔가 달랐다. 코가 뻥 뚫리는 것 같았다. 시원한 공기가 몸속 깊이 들어오자 미세 먼지처럼 머릿속을 채우고 있던 것들이 서서히 사라지는 것 같았다.

　은수가 가고 있는 곳은 K시 외곽에 있는 엄마의 고향집이다. 엄마의 형제들이 태어나고 자란 곳, 칠 남매가 크면서 하나둘 외지로 나가고 할머니 할아버지가 살다가 마지막엔 할머니만 남아 지키고 있던 집. 할머니가 돌아가시고 오랫동안 폐가로 있던 곳에 1번 이모가 새 집을 지었다. 칠 남매는 새 집에서 부모의 제사를 지내고 가족 모임을 하고 휴가 때면 교대로 며칠씩 쉬다 가곤 했다. 몇 년 전, 이모가 퇴직을 앞두고 아예 그곳으로 이사가서 살고 있었다. 예전부터 동네 사람들이 '칠 남매 집'이라고 해서 가족들도 그 집을 그렇게 부른다.

　1번 이모는 K시에서 중학교 국어 교사를 하다 퇴직했다. 그러고는 오래 꿈꿔 왔던 세계여행을 떠났는데 떠난 지 얼마 되지 않아 전 세계에 전염병이 돌기 시작했다. 이모는 베트남에 사는 딸 민이 언니에게 들렀다가 그곳에 갇혀 오도 가도 못하고 있었다.

때마침 민이 언니가 출산을 하는 바람에 돌봐 주느라 당분간 돌아오지 못할 상황이었다. 그 틈을 타서, 그러니까 집이 비어 있는 사이 삼촌이 슬며시 들어갔다. 방이 네 개나 있는 큰 집에 삼촌 혼자서 뒹굴거리며 지내고 있는 중이다. 집에서 탈출한 청소년에게 이보다 더 완벽한 곳은 없을 것이다.

은수는 전에도 가출을 생각한 적이 있다. 살얼음판 위에 지어진 집에 사는 것 같은 불안함이 엄습할 때면, 지박령처럼 집에서 한 발짝도 벗어나지 않는 아빠의 존재에 숨이 막힐 때면, 집을 뛰쳐나가고 싶었다. 막연한 생각을 구체화시키다 보면 첫 단계부터 막혔다. 집을 나간다면 어디로 간단 말인가? 무작정 나가 길거리를 돌아다니다 가출 팸에 들어가 인생을 망칠 생각은 죽어도 없었다. 초등학생 때 읽은 동화책에 가출을 해서 박물관 같은 곳에서 지내는 주인공이 있었다. 고생스럽고 위생적이지 않고 불편한 건 딱 질색인 주인공이 찾아낸 장소였다. 중세 시대의 가구와 마리 앙투아네트의 침대가 전시된 공간에서 잠을 자는 아이디어가 신박하다고 생각했다. 하지만 현실에 사는 은수가 동화책에 나오는 어린이처럼 박물관 같은 곳으로 숨어들어 갈 수는 없는 일이다. 은수의 가출은 늘 상상으로 그쳤다. 왜 한 번도 이곳을 떠올리지 않았는지 모르겠다. 집에서 충분히 멀리 떨어져 있고 세상에서 가장 안전한 곳인데.

칠 남매 집으로 가는 길엔 커다란 저수지가 있다. 자동차가 저수지 둘레로 난 구불구불한 긴 도로를 따라 하염없이 달렸다. 지금은 바깥이 보이지 않지만 은수는 눈을 감고 이 길을 떠올릴 수 있다. 도로 양옆으로는 커다란 벚나무들이 뻗어 있다. 4월에 오면 흐드러지게 핀 벚꽃 길을 엄마 아빠, 이모들과 산책하곤 했다. 불과 몇 년 전인데 실제 있던 일인가 싶다. 눈을 감고 있으니 긴장이 풀렸는지 졸음이 쏟아졌다. 자동차가 커브를 돌 때마다 몸이 이쪽저쪽으로 쏠렸다. 누군가 다정하게 밀어 주는 요람에 누워 있는 것 같았다. 어느 순간 머릿속이 환해졌다. 저수지 수면으로 햇빛이 쏟아져 금빛으로 반짝였다. 물결이 찰랑거리며 은수에게 인사했다. 어서 와. 잘 왔어. 꿈인 듯 환영인 듯 펼쳐지는 이미지…….

은수가 눈을 떴을 때는 이모 방의 벽시계가 11시 15분을 가리키고 있었다. 침대 옆 창문에 쳐 놓은 흰색 레이스 커튼으로 햇살이 통과해 방 안이 노르스름한 빛으로 가득했다. 전날 차에서 내려 집에 들어와 그대로 쓰러져 잠이 들었다. 후드 티에 청바지, 양말까지 신고 있었다.

삼촌은 거실에도 방에도 마당에도 보이지 않았다. 휴대폰을 찾아 톡을 확인했다. 여섯 개의 알림이 있었다.

삼촌의 톡이 하나.

— 난 운동하러 뒷산에 간다.

엄마의 톡이 네 개.

— 잘 도착했지?
— 푹 쉬고, 당분간 아무 생각 하지 말고 있어.
— 아빠 조금만 미워해.
— 내일 택배 보낼 테니 필요한 거 톡에 올려.

새별의 톡 하나와 사진 한 장.

— 은수야, 나 제주도 도착. 아침에 눈 뜨니 우리 아파트랑 비슷한 구조라 제주도에 온 게 실감이 안 나. 이 집에서 한 달쯤 지내다가 바닷가에 있는 집으로 옮길 거래. 어제 공항에 내렸는데 여긴 완전 봄 날씨더라. 우리 어제 아침에 공원에서 봤을 때 패딩 입고도 덜덜 떨었는데.

공항 건물 앞 야자수 나무 아래서 포즈를 취하고 있는 새별의 사진이 있었다. 새별은 활짝 웃었다. 프레임 밖에 있는 떠들썩한 새별네 식구들의 모습이 연상되었다. 갑자기 가슴속으로 찬바람이 휙 들이치는 것 같았다. 영영 빠져나가지 않을 것 같은 바람이. 가슴이 찌릿할 정도로 시렸다. 은수는 새별의 사진을 바라보며 뭐라 답을 할까 생각했다.
'나는 어젯밤에 갑자기 K시로 오게 되었어. 지금 여기는…….'
그럼 새별이 왜? 라고 묻겠지.

'왜냐하면 내가 아빠한테 맞았어. 너무 무서웠어. 그 순간 아빠가 괴물 같았어. 그래서 집을 뛰쳐나왔거든.'

그럼 새별이 또 묻겠지? 왜 맞았는데?

은수는 화면을 뚫어지게 바라보다가 라이온이 엉덩이춤을 추는 이모티콘을 보내고 휴대폰을 주머니에 넣었다.

*

3월이 되었다. 절대 올 것 같지 않던 봄이 왔다. 아침에 일어나 창문을 열면 매콤한 공기 속에 보드라운 봄의 기운이 느껴졌다. 해도 바뀌고 계절도 바뀌었지만 전염병은 잦아들 기미가 보이지 않았다.

2학년이 되었지만 등교도 하지 않고 반도 담임 선생님도 그대로라 실감이 나지 않았다. 1학년 3학기를 시작한 것 같았다. 칠남매 집으로 배송된 교과서와 교재들의 표지에 2학년이라고 적혀 있는 게 어색했다. 단톡방도 2학년 3반으로 이름만 바뀌었다. 얼마나 다행인지. 은수는 3월이 싫었다. 새 학년이 되어 새 친구, 새 선생님을 만나는 게 은수에겐 설레는 일이 아니다. 새로운 환경에 적응하는 데 한 학기가 넘게 걸렸다. 익숙해질 만하면 또 새해가 되고 새 학년이 되고. 그런데 화면에서 아는 얼굴들을 보니 애쓰지 않아도 된다고 생각하니 마음이 편했다.

잔소리하는 사람은 없지만 꼬박꼬박 제시간에 노트북을 켜고 수업에 임하려 했다. 온라인 수업은 교실에서보다 잡생각이 더 많이 나고 집중이 되지 않았다. 장점도 있었다. 수업 중에도 카톡으로 수다를 떨 수 있다. 수업이 지루해지면 종종 제주에 있는 새별과 메시지를 주고받았다. 새별은 집 근처에 유채꽃이 피었다든지, 보말이 들어간 초록색 칼국수를 먹었다느니, 새로운 경험을 얘기했다. 가기 싫다고 징징거리더니 이제 서서히 제주에서의 삶을 받아들이고 있는 것 같았다.

은수는 여전히 새별에게 집이 아닌 다른 곳에 있다는 말을 하지 않았다. 새별은 은수에게 모든 걸 다 털어놓았다. 심지어 엄마가 친엄마가 아니고, 두 동생과 자신의 엄마가 다르다는 것, 아빠 가게가 쫄딱 망해 집을 팔고 제주도로 내려가게 되었다는 집안 사정까지 전부. 하지만 은수는 아빠가 회사를 그만둔 것도, 자신이 아빠를 얼마나 미워하고 있는지도 말한 적이 없다. 비밀이랄 건 없지만 입이 떨어지지 않았다. 새별은 자기와 달리 은수가 집안 사정을 시시콜콜 다 말하지 않는다는 걸 모르지는 않았다. 본인 이야기를 털어놓고 나서 늘 자신의 헤픈 입을 원망하며 왠지 억울하다고 했으니까. 그래도 은수의 상황을 알게 되면 섭섭할 것이다.

새별처럼 특별한 경험 같은 건 하지 않았지만, 은수도 지금의 생활이 나쁘지 않았다. 시골 마을의 숲속에 자리한 집에서 삼촌과 단둘이 사는 고적한 생활이 의외로 괜찮았다. 이곳에 온 지 2주가 넘었다. 외출이라곤 마트에 간 게 전부지만 심심하진 않았다. 창으로 보이는 건 산과 나무와 하늘뿐이지만 아무리 봐도 싫증 나지 않았다. 지난주까지만 해도 헐벗고 있던 나무들의 우듬지에 노랑인 듯 연두인 듯 산뜻한 색이 어른거렸다.

 봄이라고 하기 무색하게 매서운 바람이 몰아치는 날이 며칠 이어지더니 바람도 잦아들고 햇살이 따스하게 쏟아졌다. 오전 수업을 마치고 마당에 나가 보니 매화가 피어 있었다. 엊그제 자그마한 봉오리를 보았는데 그새 꽃이 피었다. 분홍색 별이 쏟아져 내린 듯 마당이 눈이 부시게 아름다웠다. 삼촌은 챙이 넓은 모자를 쓰고 전지가위로 마당 한편에 있는 커다란 자두나무 가지를 똑똑 잘라 내고 있었다.
 "뭐 해?"
 "보면 모르냐. 정원 일."
 "안 어울려."
 "난들 하고 싶겠냐? 큰누나가 매일 오늘의 할 일 리스트를 보낸다. 집 관리 안 되어 있으면 돌아와서 팰 것 같아."
 삼촌이 잘라 낸 가지들이 바닥에 널렸다. 떨어진 가지에 꽃망울이 맺혀 있는 것도 있었다.
 "꽃도 안 피었는데 아깝게 왜 잘라?"
 "그래야 자두 알이 굵어지고 썩지 않아. 나중에 잎이 무성해지면 안쪽에 있는 것들은 햇빛을 받지 못해서 썩어 버리거든. 그리고 열매가 너무 많이 맺히면 크질 못해요. 필요 없는 것들은 잘라 내야 알이 굵어지지."

삼촌이 제법 전문가답게 말했다. 그래도 어쩐지 매정하게 들렸다.

은수는 바닥에 떨어져 있는 가지 하나를 집어 들고 바라보았다. 안쓰러웠다. 필요 없는 존재. 잘려 버려진 존재. 에휴, 너희는 피어 보지도 못하고 사라지는구나.

"아, 날씨가 너무 좋다."

삼촌이 모자를 벗고 하늘을 올려다보더니 사다리에서 내려왔다.

"어디 가게?"

"응. 나갔다 올게. 좀 늦을 거야. 올 때 마트도 들를 거니까 필요한 거 있음 문자 보내."

"알았어."

은수는 땅바닥에서 꽃망울이 많이 맺혀 있는 잘린 나뭇가지 하나를 집었다. 집 안으로 가져가 꽃병에 물을 담아 가지를 꽂았다. 물을 먹고 힘내서 며칠이라도 더 살아 있으라고.

오후 수업까지 다 마치고 방에서 나오니 햇빛은 위치를 바꿔 뒤뜰을 화사하게 비추고 있었다. 삼촌이 없으니 집 안이 휑하고 쓸쓸하게 느껴졌다. 산책이 하고 싶었다. 이곳에 와서 삼촌과 마트에 갈 때 말고는 바깥에 나가지 않았다. 마을 입구에 있는 편의점까지 천천히 걸어가서 과자라도 한 봉지 사 와야겠다고 생각하며 옷을 갈아입었다. 하루 종일 추리닝만 입고 지내다 오랜만에 청바지를 입었더니 허리가 꽉 끼어 단추가 잘 잠기지 않았다. 살이 쪘을 거라 생각은 했지만, 이건 아니다. 과자를 살 게 아니라 조깅을 해도 모자랄 판이었다. 은수는 청바지를 벗고 다시 추리닝 바지를 입었다. 후드 티만 입고 나가려다 패딩 조끼도 걸쳤다.

기분이 좋아 경사 길을 다다다다 달려 내려갔다. 봄바람이 머리카락을 마구 흩트려 놓았다. 머리카락 사이로 부드러운 바람이 스며들었다. 경사 길이 끝나고 저수지가 시작되기 전 버스 정류장 팻말이 나타났다. 하루에 버스가 다섯 번 들어온다고 했던가. 정류장 주변은 나무가 우거져 있었다. 가지에 새순이 올라왔다. 비 오는 저녁이면 토토로가 고양이 버스를 기다리고 있을 것만 같은 정류장이었다.

완만한 산자락에 형성된 이 마을의 집 대부분은 주말 주택이라 평일 오후에는 사람의 기척이 별로 없다. 개 짖는 소리, 새소리, 바람에 움직이는 식물들 소리뿐이었다. 그마저도 이어폰으로 귀를 막고 있어서 어지간히 큰 소리 아니면 들리지 않았다. 집집마다 마당에 매화가 피기 시작했다. 그러고 보니 동네 이름이 매화 마을이라고 했던 것 같다.

은수가 길을 지나가자 근처의 나무나 풀숲에서 새들이 놀라서 파드득 날아올랐다. 논과 밭, 들판 사이로 난 길을 걷다 보니 어느새 목적지인 편의점은 잊었다. 귀에서 들리는 음악과 운동화

바닥을 통해 전해지는 땅의 촉감에 집중하고 있었다. 연두색 풀과 이름을 알 수 없는 작고 노란 꽃들이 보였다. 저수지 가까이 가자 시야가 시원하게 트이고 비릿한 물 냄새가 났다. 바다 냄새와는 다른 비릿함이었다. 수면에 반사된 햇빛이 눈을 찔러 손차양을 만들었다. 석양이었다. 저수지는 나지막한 산으로 둘러싸여 있었다. 해는 산 위에 반쯤 걸쳐졌다. 물과 산과, 나무, 햇빛. 이런 것들에 압도되어 은수는 계속 앞으로 나아갔다.

저수지를 사이에 두고 길이 두 갈래로 갈라졌다. 왼쪽은 시내로 가는 길이다. 조금 더 가면 카페며 식당들이 나온다. 은수가 가려던 편의점도 가끔 삼촌이 커피를 마시러 간다는 카페도 그쪽에 있다. 은수는 잠깐 망설이다 오른쪽으로 걸음을 뗐다. 나무 사이로 하얀 집이 하나 보였다. 가로로 길고 네모난, 이 시골에서는 흔하지 않은 모양새의 집이었다. 가까이 가서 보고 싶었다.

그 집으로 가는 길은 폭이 좁은 도로가 구불구불 이어져 있고 아름드리나무들이 줄지어 있었다. 연둣빛 새순이 올라오고 있는 나뭇가지 사이에서 언뜻 진청색 잉크 같은 어스름 한 조각을 본 것 같았다. 걸음을 멈추었다. 곧 해가 질 텐데 이대로 가도 괜찮을까? 금세 깜깜해지는 거 아닐까? 하얀 집까지는 한 100미터만 가면 되지만 그만 가는 게 좋을 것 같았다. 나중에 낮에 다시 와 봐야지. 미련 없이 뒤돌아서 갈림길 쪽으로 걸었다. 시내 쪽 길에서 자동차 한 대가 오고 있었다. 하도 고요한 곳이라 사람이건 자동차건 만나면 반가웠다. 흔한 흰색 중형차인데 어쩐지 아는 차 같았다. 자동차가 경사로 쪽으로 방향을 틀자 번호판이 보였다. 아빠 차였다. 걸음을 멈추었다. 삼촌도 없는데……. 엄마는 운전이 서툴고 겁이 많아 동네를 벗어난 적이 없다. 고작 집 근처 대형 마트에 가거나 은수를 학원에 데려다주는 정도다. 300킬로미터 떨어진 이곳까지 운전을 하고 올 리 없다. 아빠가 왜? 더럭 겁이 났다. 심장이 조이는 느낌에 손을 가슴에 올리고 가만히 쓰다듬었다.

엄마에게 전화를 했다. 받지 않았다. 집을 향해 경사 길을 올라가는 자동차를 보니 가슴이 두근거렸다. 아직 아빠를 만나고 싶지 않다. 전화번호도 차단해 버렸다. 내가 살던 집에는 가기 싫었다. 이곳에 와서 시간이 시냇물처럼 평화롭게 흘러가는 중인데…….

'어떻게 할까? 조금 더 있다 들어갈까? 하지만 이제 점점 어두워질 텐데.'

삼촌도 전화를 받지 않았다. 톡을 보내도 확인하지 않았다. 은수는 그냥 뒤를 돌아 하얀 집 쪽을 향해 걸었다.

"가는 데까지 가 보자."

동행이라도 있는 듯 소리 내서 말했다. 주변에 개미 한 마리 보이지 않았다. 혼자 중얼거린다고 이상하게 볼 사람도 없었다.

은수가 하얀 집 앞에 도착했을 때는 사위가 희미했다. 집은 멀리서 보았던 것보다 더 괜찮았다. 크기가 조금씩 다른 상자 세 개를 이어 붙인 모양이었다. 커다란 창, 아무런 장식 없는 벽과 지붕. 작지만 세련된 분위기. 이런 집에는 누가 살까? 들어가 보고 싶었다. 자동차도 보이지 않고 집 안에서 나오는 불빛도 없었다. 담도 대문도 없었다.

밖에서 기웃거리다가 한 발 한 발 마당으로 들어갔다. 초록색 야외 테이블과 회색 우체통이 있었다. 정성을 들여 지은 집 같았지만 마당은 좀 어수선했다. 한쪽에 버려진 잡동사니들이 쌓여 있고 뒤편에는 포클레인이 한 대 서 있었다. 땅 위로 푸릇푸릇한 새싹들이 올라오고 있는데 포클레인 바퀴 주변에는 갈색의 시든 풀이 무성했다. 누가 살고 있기는 한 건가? 호기심의 추가 똑딱똑딱 움직였다. 은수는 과감하게 집 쪽으로 들어갔다.

집 앞에 서니 저수지가 눈앞에 펼쳐졌다. 멋졌다. 풍경을 잠시 감상할 틈도 없이 저수지 저편 낮은 산꼭대기에 손톱만큼 걸쳐 있던 해가 순식간에 산 너머로 꼴깍 넘어가 버렸다. 산의 실루엣을 따라 희미하게 주황과 보라가 섞인 빛이 남아 있었지만 회색 안개 같은 어둠이 은수 주변을 감싸기 시작했다. 그때 저수지 건너편에서 불빛이 나타났다. 동그란 불빛 두 개가 갈림길을 향해 달리다가 은수가 있는 쪽으로 방향을 틀었다. 당황해서 나가려 했으나 이미 늦었다. 자동차가 점점 가까이 다가와 근처에서 속도를 줄였다.

은수는 얼른 포클레인 뒤로 가 숨었다. 자동차가 하얀 집 마당으로 들어와 잡동사니들을 피해 살살 주차를 했다. 자동차에서 한 남자가 내렸다. 숨을 죽이고 남자가 집 안으로 들어가기를 기다렸다. 주인도 없는데 함부로 남의 집 마당에 들어왔으니 명백한 주거 침입이다. 남자가 안으로 가면 얼른 빠져나와야겠다고 생각하고 몸을 웅크리고 있었다.

 남자가 현관 비밀번호를 누르는 걸 보고 나가려 움직이는데 마당이 환해졌다. 집 외등이 켜진 것이다. 남자는 현관문을 열어놓고 차로 성큼성큼 걸어갔다. 트렁크를 열고 커다란 짐을 꺼내 다시 안으로 들어갔으나 문을 닫지 않았다.

 이곳을 벗어나려면 마당 한가운데를 지나는 수밖에 없다. 현관문이 닫히지 않는 이상 남자에게 들키지 않고 빠져나갈 수는 없을 것 같았다. 집 안에서 나오는 불빛이 더해져 마당은 더욱더 밝아졌다. 열린 문 안쪽에서 달그락달그락 소음이 새 나왔다. 커다란 창으로 남자가 안에서 움직이는 모습이 보였다. 남자는 금세 마당으로 나왔다.

 은수는 포클레인 뒤쪽에 납작 붙어서 소리로 상황을 짐작했다. 남자는 불을 피우고 프라이팬을 올려 고기를 구웠다. 치익치익 고기 구워지는 소리가 들렸다. 고기 냄새를 맡자 배가 고파왔다. 남자는 흥얼흥얼 콧노래를 부르더니 음악을 틀었다. 자주 들어 본 옛날 유행가였다. 멜로디가 서글펐다. 남자가 허밍으로 따라 불렀다.

 '잊어야 한다는 마음으로 내 텅 빈 방문을 닫은 채로 아직도 남아 있는 너의 향기.'

 남자는 술도 한잔하는 것 같았다. 식사가 금세 끝날 것 같지 않았다. 이제 선택을 해야 했다. 남자가 취하기 전에 밖으로 나가 자수를 하든지, 식사를 끝내고 안으로 들어가 잠이 들 때까지 숨어 있든지. 둘 다 비슷하게 쉽지 않았다. 남자랑 마주치는 건 두려웠다. 주변에 집 하나 없는 외진 곳에 사는 건장한 남자. 마주쳐서 좋을 게 없을 것이다. 불현듯 젊은 여자들을 납치해 교외의 주택에 가두어 놓고 학대하는 범죄자가 나오는 영화의 장면들이 떠올랐다. 은수는 눈을 질끈 감았다. 이미 빠져나갈 타이밍을 놓쳤다는 걸 알았다. 남자가 집 안으로 들어갈 때까지 기다려야 했다. 휴대폰을 무음으로 해 놓고 아예 자리를 잡았다.

남자는 천천히 음식을 해서 느리게 먹었다. 김치찌개가 끓으며 미치게 맛있는 냄새가 풍겼다. 소리가 날까 봐 몸을 움직이지 않아 쥐가 날 것 같았다. 가만히 무릎을 구부려 쪼그리고 앉았다.

"왔니? 오랜만이구나."

남자의 말소리가 들렸다.

누군가 왔나 보았다.

"하나 먹어 볼래?"

말투가 다정하고 부드러웠다. 저음에 울림이 큰 목소리여서 듣기 좋았다. 그러나 대화를 한다기보다 혼자 일방적으로 말을 하는 것 같았다. 과묵한 손님인가 보았다.

다리랑 허리가 점점 더 아파 왔다. 해가 떨어지면서부터 살짝 한기가 느껴졌는데, 이젠 몸이 떨리기 시작했다. 포클레인의 문이 반쯤 열려 있으니 기회를 봐서 그 안으로 들어가는 게 좋을 것 같았다. 그때 갑자기 음악 소리가 요란하게 울려 퍼졌다. 너무 놀라 입에서 소리가 새 나와 얼른 입을 막았다. 남자의 휴대폰 벨 소리였다. 다행히 남자는 은수의 소리를 듣지 못한 것 같았다. 남자가 통화를 하는 사이 은수는 재빨리 포클레인 안으로 갔다. 문을 닫으면 소리가 날 것 같아 그대로 두어서 바람이 들어왔다. 포클레인 바닥에 두툼한 담요가 있었다. 무릎을 감싸니 한결 나았다. 남자는 통화를 하고 나서도 한참 동안 식사를 했다. 은수는 고기 냄새와 김치찌개 냄새 때문에 정신이 혼미해졌다. 그래서였는지 깜박 잠이 들었다.

　그 와중에 꿈을 꾸었던가. 어두운 길 한복판에 누군가 쓰러졌다. 죽은 것 같았다. 가까이 다가가 얼굴을 보니, 은수 자신이었다. 내가 죽었네. 은수는 자기 자신을 붙잡고 흐느껴 울었다. 그러다 자기 울음소리에 놀라 정신을 차렸다. 사방이 조용했다. 음악 소리도 들리지 않고 음식 냄새도 나지 않았다. 현관 등과 바닥의 정원등이 은은하게 마당을 밝히고 있었다. 한기가 느껴졌다. 어깨를 움츠리고 담요를 끌어당겨 몸을 감쌌다. 그런데 몸 위쪽의 서늘한 느낌과 달리 다리 쪽은 따듯했다. 다리를 움직이자 발 옆에서 뭔가 꿈틀 움직였다. 목 안쪽에서 헉 소리가 나오다가 목에 걸려 숨이 턱 막혔다. 너무 무서우면 목소리마저 겁에 질리나 보았다.
　몸이 굳어 꼼짝할 수 없었다. 그 순간이 길어 봤자 3초 정도였을 테지만 30분은 지난 것 같았다. 몸을 움직이지 않고 눈만 내리깔아 슬쩍 보니 새카만 털 뭉치 같은 것이 있었다. 은수 신발 위에 머리를 올려놓고 있는 털 뭉치는 영락없는 강아지였다. 다리를 살짝 움직이니 털 뭉치도 움직였다. 동그란 털 뭉치가 다리 위로 쑥 올라와 은수랑 눈이 마주쳤다. 작은 강아지가 앞다리를 은수의 무릎에 놓고 살랑살랑 꼬리를 흔들었다. 아, 정말. 십년 감수했네. 가슴을 쓸어내렸다. 강아지는 계속 꼬리를 흔들며 무릎 위에 놓인 은수의 손등을 핥았다. 언제 봤다고. 강아지여서 다행이지만 그 몰골은 심란하기 이를 데 없었다. 긴 털이 엉켜 있고 떡이 져서 말이 아니었다. 바닥에 납작 엎드려 있으면 대걸레로 착각했을 것이다.

은수가 포클레인에서 나오자 강아지도 따라 내렸다. 한참 동안 웅크리고 있어서 몸이 굳었는지 뚝뚝 소리가 났다. 다리랑 팔을 이리저리 움직이자 몸이 조금씩 부드러워졌다. 강아지는 앞발을 가지런히 모으고 고개를 갸우뚱하며 스트레칭하는 은수를 올려다보고 있었다. 여전히 꼬리를 살짝 흔들면서.

주머니에서 휴대폰을 꺼냈다. 밤 11시 5분. 다시 헉 소리가 나왔다. 엄마와 삼촌에게서 전화가 열두 통 와 있고 문자와 카톡은…… 셀 수도 없다. 무음으로 해 놓았기에 망정이지 집주인에게 걸렸을 수도 있었겠다. 가장 최근의 문자는 20분 전이었다. 아빠가 되돌아갔다는 삼촌의 문자였다. 살금살금 걸어 하얀 집 마당을 빠져나와 삼촌에게 전화를 했다.

"야, 서은수! 거기 꼼짝 말고 있어!"

삼촌이 소리를 버럭 질렀다. 하지만 은수는 이곳을 빨리 벗어나고 싶어 걷기 시작했다. 무섭지는 않았다. 달빛이 밝았고, 도로 옆에 가로등이 띄엄띄엄 있었다. 새와 벌레가 내는 연약한 소리와 청량한 숲 냄새, 물 냄새가 주위를 감싸고 있었다. 하늘을 올려다보니 별이 한가득이었다. 비현실적인 밤하늘이었다. 이 세상, 아니 온 우주에 혼자 존재하는 인간이 된 것 같았다. 숨을 깊게 들이마셨다 내뱉었다. 그러다 몇 걸음 뒤에서 강아지가 따라오고 있는 걸 알았다. 어둠 속에서 강아지 두 눈이 반짝였다.

"야, 너는 네 집으로 가."

강아지는 은수 말에 아랑곳하지 않고 꼬리를 흔들며 계속 따라왔다. 함께 밤 산책이라도 하는 듯 걸음이 경쾌했다. 한밤중에 생전 처음 보는 강아지랑 시골길을 산책하다니. 웃음이 나왔다. 하얀 집의 남자가 말을 걸었던 과묵한 손님이 이 강아지였나 보다. 오랜만이라고 했으니 그 사람이 키우는 강아지는 아닐 것이다. 저수지를 벗어나 경사로에 진입했을 때 저 앞쪽에서 헤드라이트가 다가왔다.

"서은수!"

차창이 내려가고 삼촌이 얼굴을 내밀었다. 화가 많이 났나 보았다. 엄마도 삼촌도 화가 나면 꼭 이름에 성을 붙여서 부른다.

"어서 타."

은수는 차에 타려다 돌아보았다. 강아지가 보이지 않았다. 주위를 두리번거리며 찾았으나 없었다. 여태 헛것이라도 본 것처럼 감쪽같이 사라졌다.

"어쩌다 그 집에는 들어간 거야?"
다음 날, 아침밥을 먹으면서 삼촌이 물었다.
삼촌은 아빠 얘기는 한마디도 꺼내지 않았다. 은수도 묻지 않았다.
"그냥 집이 특이해서 구경하다 마당에 들어갔는데 갑자기 해가 지고 집주인 차가 오는 바람에…… 엉겁결에 포클레인에 들어가 버렸어. 무서웠어. 삼촌은 전화도 안 받고."
"어이없네. 무서운 애가 거기서 잠이 드냐?"
"그러게 말이야. 근데 강아지를 봤어. 아니 포클레인 안에서 강아지랑 같이 잤어. 웃기지?"
"웃기긴. 난 어제 얼마나 걱정했는지 아냐? 저수지에 빠졌나, 멧돼지한테 당했나 그런 생각까지 했다, 인마."
"으악, 여기 멧돼지도 있어?"
"그럼 없겠냐? 산으로 둘러싸인 덴데. 혹시라도 멧돼지를 만나게 되면 절대 소리 지르지 마. 걔가 흥분할 만한 어떤 행동도 하지 말고 천천히 뒷걸음하면서 시야에서 사라져야 해."
은수는 별안간 그 강아지가 생각났다. 무릎에 두 발을 올려놓고 자신을 쳐다보던 까만 얼굴과 더 까만 눈동자. 마치 '왜 울고 있어?'라고 묻는 듯이 빤히 바라보던 눈동자를 떠올렸다. 굳어진 몸을 풀 때 옆에 앉아 고개를 갸우뚱하고 꼬리를 흔들던 모습, 졸졸 따라오던 모습을. 강아지를 키워 본 적 없는데도 손을 핥았을 때 더럽다는 생각이 들지 않았다. 그냥 따뜻했다.
"삼촌, 근데 멧돼지가 작은 동물을 잡아먹거나 하진 않아?"
"글쎄, 덩치는 그래도 의외로 초식 동물이지 않나? 밭에 심어 놓은 작물들 먹어 치운다고 동네 사람들이 그러던데."
은수는 재빠르게 휴대폰으로 멧돼지를 검색했다. 멧돼지 먹이는…….

본래 초식 동물이었지만 토끼 같은 작은 짐승부터 어류 등에 이르기까지 아무것이나 잡아먹는 잡식성 동물로 변화했다.

강아지를 떠올려 보았다. 작은 강아지였다. 물론 쥐보다야 컸지만 토끼보다 컸던가? 토끼만 했던가? 더 컸던가? 어두운 곳에서 봤던 터라 정확하지 않았다. 그저 자신을 응시하던 까만 눈동자와 엉키고 엉겨 붙은 털만 생각났다.
은수는 도무지 수업에 집중할 수 없었다. 송곳니를 드러낸 커다란 멧돼지 앞에서 벌벌 떨고 있는 작은 강아지가 자꾸 떠올랐다. 걱정이 되었다. 생각하지 않으려고 애쓸수록 더 또렷하게 생각이 났다. 간밤에 처음 본 강아지인데, 알 수 없는 일이었다.
은수는 수업이 끝나자마자 노트북을 탁 덮고 집을 나섰다. 하얀 집을 향해 거의 뛰다시피 걸었다. 저수지가 가까워지자 그리운 사람이라도 만나러 가는 것처럼 가슴이 두근거렸다. 강아지 한 마리가 이렇게 설레게 한다니. 이렇게 불안하게 한다니. 별일이었다.

하얀 집에는 전날처럼 아무도 없었다. 은수는 곧바로 마당으로 들어갔다. 집주인은 삼촌과도 아는 사람이라고 했다. 조금 마음이 놓였다. 갑자기 안에서 나타나면 사정을 설명하리라, 어제 일도 고백하고. 여차하면 삼촌 이름을 말해야지, 이런저런 생각을 하면서 포클레인으로 다가갔다. 안을 들여다보니 강아지는 없었다. 문은 여전히 반쯤 열려 있었다. 간밤에 은수가 덮었던 담요는 반듯하게 개어져 시트 위에 놓였다. 담요를 개 놓고 나온 기억은 없는데……. 밝을 때 보니 포클레인 내부도 담요도 꼬질꼬질해서 얼굴이 찌푸려졌다. 포클레인의 외양도 엉망이었다. 창유리는 금이 가 있고, 몸체 여기저기 파인 흠집이 있었다.

은수는 집 주변을 돌아다녔다. 집 뒤편에서 산으로 이어지는 숲에도 들어가 보았다. 굵직한 나무들이 빽빽하게 들어차 있어 살짝 어두웠다. 시원하고 향긋한 냄새가 났다. 바닥에 낙엽이 잔뜩 쌓여 있어 발이 푹푹 빠졌다. 그곳에도 강아지는 보이지 않았다. 숲에서 나오려는데 누군가 집 쪽으로 다가오는 게 보였다. 자동차 소리도 들리지 않았는데 집주인이 왔나 싶어 나무 뒤에 몸을 숨기고 살폈다. 집주인이 아니었다. 은수 또래의 여자아이가 마당으로 들어오고 있었다. 여자아이는 익숙한 곳인 듯 자연스럽게 포클레인을 향해 걸어가더니 갑자기 뭔가를 던졌다. 딱,

소리가 울려 퍼졌다.

"악!"

은수 입에서 비명이 터져 나왔다. 입을 틀어막았지만 소리가 이미 나온 뒤였다. 여자아이가 은수 쪽을 바라보았다. 은수가 숨어 있던 나무는 몸을 다 가려 줄 만큼 크지 않았다. 여자아이가 은수를 발견하고 포클레인을 지나 숲 쪽으로 다가왔다. 도망을 갈지 잠깐 생각했으나 남의 집에 들어온 건 저 여자애나 자신이나 마찬가지 아닌가. 은수는 그냥 그 자리에 서 있었다.

"거기 누구세요?"

여자애가 물었다. 은수가 나무 뒤에서 나왔다. 여자애의 한 손에 제 주먹보다 큰 돌이 들려 있었다. 그 애는 은수 시선이 자신의 손에 머물러 있다는 걸 알고는 얼굴을 일그러뜨리면서 씨발이라고 말했다. 은수는 멈칫했다. 왠지 자신에게 돌을 던질 것 같았다. 다행히 여자애는 돌을 뒤쪽으로 던져 버리고 청바지에 손을 쓱쓱 닦았다.

은수는 숲에서 내려와 포클레인 쪽으로 천천히 걸어갔다.

"너 누구야? 이 집 아저씨랑 무슨 관계야? 친척이야?"

여자애가 다짜고짜 따지듯 말했다.

"아니, 관계없어. 그냥 산책하는 중이야."

은수가 말했다. 처음 보았지만 상대가 대뜸 반말로 덤비는데 예의를 갖출 필요는 없을 것 같았다.

"산책? 푸우."

여자애는 좀 어이없다는 듯 입으로 바람 빠지는 소리를 냈다.
"너 이 동네 사는 거 아니지?"
은수는 여자애 말에 대답하지 않고 물었다.
"왜 돌을 던진 거야?"
"알 거 없어."
"저기 유리 깨지고 옆에 파인 거 네가 그런 거야?"
은수가 물었다.
"그래. 주인에게 말하고 싶으면 해. 오주현이 포클레인에 돌을 던지더라고."
여자애가 노려보듯 성난 눈길로 은수를 바라보며 말했다. 그러곤 몸을 획 돌려 걸어갔다.
그 안에서 잠깐 잠을 자긴 했지만 포클레인이랑 은수랑은 아무런 관계가 없다. 따라서 주인에게 고자질할 생각도 없다. 더구나 지금 은수의 관심사는 그게 아니다.
"혹시 이 근처에서 강아지 못 봤어? 까만 강아지?"
은수가 여자애 뒤통수에 대고 물었다.
"강아지 잃어버렸어?"
여자애가 걸음을 멈추고 은수를 돌아보았다.
"아니, 그런 건 아니고…… 어제 이 근처에서 봤거든."
"못 봤어."
여자애는 빠른 걸음으로 마당을 빠져나가 왔던 길로 갔다.
은수도 터덜터덜 걷기 시작했다. 혹시나 해서 도로 옆 풀숲 쪽도 살피면서 천천히 걸었다. 어느새 여자애는 갈림길에 가 있었다. 잠시 후엔 오른쪽으로 돌아 시내 쪽을 향했다.

은수도 강아지 찾는 걸 포기하고 집 쪽으로 걷기 시작했다. 막 저수지 길을 벗어나려는데 뒤쪽에서 월월, 개 짖는 소리가 들렸다. 돌아보니 까만 강아지가 은수를 향해 달려오고 있었다. 혀를 내밀고 귀를 펄럭이며 세상 행복한 얼굴로. 은수의 얼굴에 미소가 번졌다. 가슴이 벅차올랐다.

강아지는 꼬리를 사정없이 흔들며 은수에게 올라타고 손을 핥고, 이루 말할 수 없이 반가워했다. 지난밤 잠깐 만났을 뿐인데 이럴 일인가 싶었지만 은수도 반갑긴 마찬가지였다.

"야, 너 맞구나. 무사했구나."

은수는 주머니에서 육포를 꺼내서 강아지에게 주었다. 배가 고팠는지 강아지는 허겁지겁 먹었다. 손을 뻗어 강아지를 만져 보고 싶었지만 너무 더러워 눈으로만 쓰다듬었다. 강아지가 먹는 걸 보다가 눈을 들어 저 멀리 저수지 건너편에서 걸어가는, 이제는 작은 점인 여자애를 바라보았다. 무슨 사연일까? 왜 포클레인에 돌을 던진 걸까?

포클레인에 돌을
천 개쯤 던지면

―――――(주현)―――――

"오늘은 그만 접자. 내가 정리할 테니까 주현이 너는 들어가."

외숙모가 카페 안으로 들어와서 블라인드를 하나씩 내렸다. 외숙모의 얼굴빛이 어두운 건 블라인드 때문은 아니다. 오늘 주현이 내린 커피는 다섯 잔이다. 화원에서도 꽃이 그보다 더 많이 팔리지는 않았을 것이다.

주현이 알바를 하는 카페 '더 가든'은 화원을 겸하고 있다. 정확히 말하면 화원이 먼저 생기고 카페는 나중에 곁다리로 하게 된 것이지만. 카페에서 커피를 마시는 손님에게 작은 다육이 화분을 하나씩 주고 있으니 남는 장사가 아니다. 커피값이 비싼 것도 아닌데 이건 왜 주는 거냐고, 주현이 묻자 외숙모는 손님들한테 미안해서 주는 서비스라고 했다.

"솔직히 우리 집 커피 맛 별로잖아. 커피 마시고 불평하려다가 이것 때문에 참는 손님이 있을지도 몰라. 그리고 이거 원가 얼마 되지도 않아. 여기 방문해 줘서 고맙다고 주는 선물이라고 생각하자."

외숙모가 아기 손가락 같은 다육이를 작은 플라스틱 화분에 담으면서 말했다.

작전이 먹혔는지, 커피 맛이 좋다고 말하는 사람은 없었지만 다육이 화분을 들고 나가는 손님들의 얼굴을 살펴보니 뜻밖의 횡재를 했다는 표정이었다. 그것 때문에 다시 찾는 손님도 가끔 있었다.

하지만 전염병이 물러갈 기미를 보이지 않자, 저수지 근처 유원지나 낚시터를 방문하는 사람이 점점 줄었다. 인스타 맛집으로 알려진 근처 식당을 일부러 찾아오는 사람도 드물어 카페와 화원에도 손님이 없다. 주헌은 알바비를 받는 것도 눈치가 보였다. 그래서 괜히 화원에 가서 물도 주고, 유리창도 닦곤 했다.

오후에 유리창을 닦다가 저수지 건너편의 그 집을 보았다. 보지 않으려 할수록 더 신경이 쓰였다. 카페에 손님이 많으면 눈길을 주지 않을 텐데 늘 한가하니 그럴 수가 없었다. 여전히 그 집 뒤쪽에는 포클레인이 서 있었다. 무기처럼 위협적으로 보였다.

"오늘 저녁에는 외삼촌도 늦는다니까 우리 파스타나 해 먹을까? 옆집에서 버섯을 잔뜩 줬어. 그거랑 생크림 넣고 파스타 만들려고."

외숙모가 카운터로 들어오며 말했다.
"맛있겠네요. 그럼 전 좀 뛰다 들어갈게요."
주현은 앞치마를 벗고 손목에서 고무줄을 빼 머리를 묶었다.
"젊어서 좋다. 하루 종일 일하고도 힘이 남아도는구나."
외숙모가 빙긋 웃었다.

힘이 남아돌 뿐 아니라 솟구쳤다. 아까 건너편 집의 포클레인을 보는 순간 속에서 불덩이 같은 게 올라오는 것을 느꼈다. 오늘은 그냥 보고만 있기 힘들었다. 주현은 저수지 둘레길을 따라 달리며 동수에게 전화를 했다.
"뭐 하냐?"
"하긴 뭘 해. 걍 있지. 왜 전화했어?"
"우리가 꼭 용건 있어야 전화하는 사이야?"
"그냥 톡 해. 네 목소리 들으면 무서워."
무서운 게 아니라 울고 싶은 거겠지. 주현은 요즘 동수가 자기를 피한다는 걸 안다.
"내가 잡아먹기라도 하냐?"
"왜 헉헉거리는 건데?"
"달리기하는 중이다."
"그럼 계속 달려. 끊을게."
동수는 주현에게서 도망치듯 전화를 끊었다.
주현은 휴대폰을 주머니에 넣으며 생각했다. '기다려. 내가 복수해 줄게.' 그러곤 전력을 다해 달렸다. 그 집을 향해.

 자신이 무모하고 대책 없고 영리하지 못하다는 건 주현도 알고 있다. 하지만 동수를 위해 할 수 있는 게 없다. 휠체어에 앉아 하염없이 절망에 빠져 있을 동수 생각을 하면 가슴속에서 뭔가가 요동친다. 그 뭔가는 시시때때로 모양과 온도와 크기가 변한다. 어떤 때는 불덩이같이 비정형의 뜨겁고 커다란 것으로, 어떤 때는 동그랗고 단단하고 차가운 물체로, 어떤 때는 형체는 없지만 주현의 가슴을 죄어 숨을 못 쉬게 하는 무엇으로. 그것이 불덩이인 날은 주현이 사고를 치는 날이다. 오늘처럼.

 그 집이 가까워지자 주현은 땅에서 돌멩이를 주워서 들었다. 돌멩이는 얼마든지 있었다. 마음 같아서는 커다란 바위라도 들고 가고 싶었다. 그 집에 도착해서는 거침없이 마당으로 들어가 포클레인을 향해 돌 하나를 던졌다. 할 수 있는 복수가 고작 이따위 것뿐이라는 게 속상했다. 사실 이건 복수도 뭣도 아니다. 그냥 자신에 대한 화풀이일지도 모른다. 주현은 자신의 이런 행동이 정확히 무엇인지 아직은 알 수 없다.

 돌멩이 하나를 던지고 났을 때 근처에서 비명이 들렸다. 누군가 자신을 보고 있다는 걸 느꼈다. 나무 뒤에 여자애가 서 있었다. 그 애 때문에 주현은 두 번째 돌멩이를 던지지 못했다. 씨발. 저도 모르게 욕을 해 버리고 말았다.

 "왜 돌을 던진 거야?"

 여자애가 물었다.

카페로 돌아가며 주현은 그 질문에 대한 답을 생각했다. 이제까지는 누구에게든 그런 설명을 할 필요가 없었다. 주현이 이곳에 와서 포클레인을 향해 세 번이나 돌을 던져 유리를 깨고 흠집을 낸 걸 아무도 모르니까. 포클레인 주인은 누가 그런 건지 상상도 못 할 것이다. 주현은 이 행위를 복수라 생각하고 시작했지만, 복수라기보다 동수에 대한 미안한 마음을 이런 식으로 표현하는 것인지 모른다. 정작 동수는 주현이 어떤 생각을 하고 있고, 어떤 일을 저지르는지 알 리 없지만. 그리고 주현이 왜 미안해하는지도 모를 것이다.

저 포클레인 때문에 동수가 다쳤다. 엄밀하게 말하면 포클레인 주인도 피해자일지 모른다. 포클레인이 제 의지로 넘어진 게 아니니까. 주현은 동수가 다치게 된 원인을 따져 거슬러 가면 그 어딘가에 자신이 있다고 생각했다.

동수와는 초등학교 때부터 알던 사이다. 주현은 K시에서 태어나고 자랐다. 주현이 태어났을 때는 K군이었다. 주현네는 시내에서 조금 떨어진 곳에 살았다. 동수는 5학년 때 전학 왔는데, 서울에서 온 애가 시골 애들보다 더 촌스러웠다. 차림새며 말투며 외모, 행동 모두 그랬다. 아니, 촌스럽다기보다 좀 서글퍼 보였다. 재활용품 상점에서 헐값에 사 온 장난감처럼, 골목에 방치되어 있는 화분의 시든 식물처럼. 주현은 직감적으로 동수도 자신처럼 결손 가정 아이라는 걸 알았다. 살뜰하게 보살핌을 받지 못

한 아이들이 자아내는 분위기라는 게 있다.

　서울에서 온 전학생에 대한 호기심은 하루를 가지 않았다. 동수는 아이들의 관심은커녕 무시를 받았다. 학생 수가 많지도 않은데 교실에서 동수는 있는 듯 없는 듯했다. 하지만 주현은 동수가 자꾸 신경 쓰였다.

　주현이 동수와 친하게 된 건 중1 때였다. K군이 시로 승격이 되었을 즈음이었다. 시내에 고층 건물도 생기고 쇼핑몰이랑 영화관도 생겼다. 시내에 나가면 붕 뜨는 기분이 들었다. 주현은 주말이면 괜히 시내에 나가 돌아다녔다. 돈이 없어 뭔가를 사거나 영화를 보지는 못했지만, 그저 구경만 하는 것도 재미있었다. 친구들과 화장품 가게나 액세서리 가게, 옷 가게를 기웃거리다 길거리 간식을 하나 사 먹고 집으로 돌아오곤 했다.

　어느 겨울날 주현은 혼자 시내를 돌아다니고 있었다. 집에 있기 싫었다. 아빠가 새벽에 술에 취해 집에 들어와 주현과 언니를 한참 괴롭히다 잠이 들었다. 언니는 잠도 제대로 자지 못하고 푸석한 얼굴로 출근을 했다. 주현은 아빠가 잠에서 깨어났을 때 마주하기 싫어서 집을 나왔다. 아빠는 술만 마시면 이상해졌다. 맨정신일 때는 말도 없고 자상한 사람이었다. 하지만 술이 들어가면 말이 지나치게 많아졌다. 두 딸을 앞혀 놓고 한 시간이고 두 시간이고 혀 꼬부라진 소리로 태생부터 불행한 자신의 라이프 스토리를 늘어놓았다. 그만하라고 하거나 말할 때 끼어들면 고함을 치고 물건을 집어 던졌다. 아빠가 지쳐 쓰러질 때까지 자매는 꾸벅꾸벅 졸면서 그냥 참고 들어야 했다. 다음 날 아빠는 잠에서 깨면 전날의 어렴풋한 기억 때문에 딸들의 얼굴을 제대로 보지도 못하고 말도 못 했다. 술에 취한 아빠는 밉지만 딸들 눈치를 보는 건 슬프고 괴로웠다. 그런 날 주현은 친구도 만나기 싫고 혼자 있고 싶어졌다. 그날이 그랬다.

한참을 싸돌아다니다 저녁이 되어 추워서 쇼핑몰 지하에 있는 대형 서점에 들어갔다. 궁금해서 한번 들어가 보고 싶었는데 친구들이 '웬 서점?' 하며 별종 취급해 가 보지 못한 곳이었다. 새 책 냄새와 귀에 거슬리지 않는 적당한 음량의 클래식 음악이 흘러나와 기분이 좋았다. 12월 초였는데 곳곳에 크리스마스트리랑 빨간 리본이 달린 선물 상자가 장식되어 있었다. 마음이 포근해졌다.

주현은 이 책 저 책 들춰 보고 문구 코너에서 테스트용 볼펜으로 낙서도 하면서 오래 머물렀다. 미술용품 코너에서 고급스런 틴 케이스에 들어 있는 36색 색연필을 발견했다. 아름다운 물건이었다. 그걸 보는 순간 좋아하는 사람을 갑자기 마주친 것처럼 설렜다. 포장된 비닐 위 상품 정보를 보았다. 메이드 인 스위스. 가격은…… 엄청 비쌌다. 주현이 3년을 모은 저금통을 탈탈 털어도 살 수 없었다. 이런 선물을 받으면 얼마나 좋을까, 생각했다. 하지만 주현에게 이런 선물을 해 줄 사람은 없었다. 그래서 조금 속상했던가? 그랬나 보다. 주현은 잠깐 이성을 잃었다. 저도 모르게 그 물건을 집어 패딩 속으로 넣었다. 그러고 나니 심장이 터질 것 같았다. '내가 무슨 짓을 한 거지?' 금세 정신을 차렸다. 상황을 파악했어도 어찌해야 할지 알 수 없었다. 가슴속에 작은 새가 들어와 날개를 퍼덕거리는 것 같아 한 손으로 가슴을 지그시 눌렀다. 패딩 속 물건을 누르고 있는 다른 팔은 쥐가 나는 듯했다. 그때 바로 옆에서 목소리가 들렸다.

"야, 너 들켰어. 빨리 튀어. 오른쪽에 비상구 있어."

주현은 반사적으로 뛰었다. 오른쪽 초록색 비상구 표시를 찾아 문을 열고 계단을 두 칸씩 뛰어올랐다. 누군가 쫓아오고 있다는 걸 느꼈지만 뒤돌아보지 않고 달렸다. '거기 학생.' 외치는 소리가 들렸다. 주현은 건물 밖으로 빠져나와서도 내달렸다. 달리기라면 자신 있었다. 숨이 차 도저히 달릴 수 없는 지경이 될 때까지 달렸다. 멈췄을 때는 자신이 어디에 있는지 알 수 없었다. 죽을 것 같았다. 숨차 죽을 것 같았고, 부끄러워 죽을 것 같았다. 그 목소리, 낯설지 않은 목소리의 주인에게 부끄러웠다. 그리고 무엇보다 자기 자신에게 너무 부끄러웠다.

패딩 속을 더듬어 보았다. 색연필 케이스가 없었다. 달리다 떨어뜨렸나 보았다. 주현은 그 자리에 주저앉아 숨을 내쉬며 그나마 다행이라고 생각했다. 범죄 증거물이 남아 있지 않으니 죄책감도 서서히 사라지겠다며. 그런데 범죄 증거물이 주현 앞에 나타났다. 그 목소리와 함께.

다음 날 하교 후 집에 거의 다 왔을 때였다. 누군가 쓱 다가와 귓속말로 말했다.

"너 어제 이거 떨어뜨렸어."

오싹 소름이 끼쳤다. 전날 범죄 현장에서 들었던 목소리. 동수 목소리였다. 주현은 걸음을 멈추었지만 차마 동수 얼굴을 볼 수 없었다. 얼굴이 화끈 달아올랐다. 동수가 색연필 케이스를, 부끄러운 증거물을 내밀었다.

"어제 너였어?"

주현은 동수를 쳐다보지 않고 말했다.

"응. 받아."

"됐어. 그냥 버려."

"왜 버려. 되게 좋은 것 같은데."

"아, 씨. 너 막 떠들고 다닐 거야? 오주현이 교보에서 물건 훔쳤다고?"

"누구한테? 난 친구도 없는데."

동수가 주현의 손에 색연필 케이스를 쥐여 주고 앞서갔다. 어깨에 보이지 않는 짐이라도 얹어 놓은 듯 구부정한 자세로 느적느적 걸었다.

"이사 온 지 2년이 넘었는데 친구가 한 명 없냐?"

주현이 동수 뒤통수에 대고 큰 소리로 말했다.

"그러게."

동수는 걸음처럼 느긋한 목소리로 대꾸했다.

"내가 친구 해 줄까?"

동수가 걸음을 멈추고 뒤돌아보았다. 동수 얼굴을 가까이서 본 건 처음이었다. 눈이 소처럼 크고 순해 보였다.

그렇게 동수와의 우정이 시작되었다. 친구들은 남녀 사이에 우정이 어딨냐고, 뻥치지 말라고, 고지식하게 떠들어 댔다. 하지만 주현은 진심으로 우정이 맞다고 생각했다. 어떤 여자 친구들보다 동수가 편했다. 둘이 있을 때 말을 하는 쪽은 거의 주현이었다. 동수는 듣고 대답하고 고개를 끄덕이고 가끔 웃었다. 성격이 불같은 주현은 화나는 일이 있으면 동수에게 마구 떠들었다. 그러면 대부분의 화는 그냥 풀렸다.

한편으론 주현은 동수가 걱정되었다. 말도 똑 부러지게 못하고, 공부도 운동도 못하고, 짝사랑하는 선아에게 말 한번 걸지 못했다. 이런 동수를 보면 엄마나 누나 같은 마음이 되었다. 엄마가 없기는 마찬가지인데도 할머니와 단둘이 사는 동수보다 아빠랑 엄마 같은 언니가 있는 자신이 그래도 낫다고 생각했다. 그래서 걸핏하면 동수에게 엄마들이 할 법한 잔소리를 해 대고 참견을 했다. 동수의 성적을 지적하며 공부하라고 야단치고, 꾸깃꾸깃한 교복을 입고 나타나면 등짝을 때리는 식이었다. 동수는 주현의 잔소리를 들으면 고치려는 시늉은 했다. 공부만은 더 열심히 하는 것 같지 않았지만.

중3이 되었을 때 주현이 동수에게 물었다.

"너 고등학교 어떻게 할 거야?"

"갈 거야."

"바보야, 당연히 가야지. 근데 어디로 갈 거냐고!"

"내 맘대로 갈 수 있어? 정해 주는 거 아냐?"

속이 터졌다. 도대체 앤 미래에 대해 생각이라는 걸 하기는 할까?

"인문계냐, 실업계냐 결정을 해야지. 너 대학 갈 거야?"

"글쎄. 생각 안 해 봤는데⋯⋯."

"너 대학 등록금 대 줄 사람 있어? 4년제 대학 졸업하는 데 적어도 5천만 원은 들 텐데. 대학 들어가는 건 쉽나? 학원 다니려면 학원비도 있어야 하고."

주현과 동수는 그때까지 서로 집안의 경제적인 사정에 대해 얘기 나눈 적은 없었다. 하지만 한동네서 서로의 집 앞을 수도 없이 지나치며 살다 보면 굳이 말을 안 해도 알게 되는 게 있다. 적어도 이 집이 아이를 대학에 보낼 수 있는 형편인지 아닌지 정도는. 동수와 할머니가 사는 집은 회색 콘크리트 벽돌로 쌓아 올린 담 한쪽이 무너져 있었다. 철제 대문은 페인트가 벗겨지고 녹이 슬어 원래 색이 뭐였는지 알아볼 수 없고 지붕 일부가 내려앉은 지도 오래되었다. 수리를 하려면 지붕 전체를 손봐야 하는 상황이라 그냥저냥 지내는 것 같았다. 주현은 동수네 집 앞을 지나갈 때마다 조마조마했다. 동수 말에 따르면 내려앉은 부분이 안 쓰는 방이랑 창고 쪽이라 괜찮다고 했다. 그나마 다행이었다.

"5천만 원?"

"응. 학비만."

동수는 자신이 한 번도 생각한 적 없는 돈의 단위에 잠깐 놀라는 것 같더니 금세 표정이 평소처럼 덤덤해졌다. 그러곤 특유의 몽롱한 눈빛을 하고 말했다.

"그럼 대학은…… 가지 말아야겠다. 안 갈래."

"너 고등학교에서도 지금 성적이면 어차피 대학 못 가. 말은 바로 해야지. 안 가는 게 아니라 못 가는 거야."

이 말을 하고는 좀 미안했다. 하려던 말이 이게 아닌데……. 주현이 동수의 상처를 헤집어 소금 뿌리는 말을 한두 번 한 게 아니다. 그래도 이런 식으로 말할 건 없었다. 주현이 가장 견딜 수 없는 게 업신여김이었다. 아직까지는 대놓고 주현을 업신여긴 사람은 없지만 일찌감치 그런 생각을 했던 것 같다. 어릴 때부터 주변 사람들이 아빠를 막 대하는 걸 봐서일 거다. 사람들이 누군가를 업신여기는 것은 무능과 무지, 가난 때문이다. 그래서 주현은 적어도 무능하고 무지한 사람은 되지 말자고 생각했다. 가난은 자신이 어쩔 수 없는 것이니까, 공부만큼은 최선을 다했다. 그리고 늘 화가 난 것처럼 말하고 행동했다. 깃털을 부풀려 덩치 큰 척하려는 작은 새처럼.

"야, 우리 일성고 지원할래?"

일성고는 K시에 있는 유일한 특성화고다.

"너도 대학 안 가게?"

동수가 물었다. 의외라는 듯이.

"응. 나도 못 가. 우리 집에 돈이 없잖아."

동수는 한참 동안 대꾸를 하지 않고 걷다가 말했다.

"왠지 슬프다."

고개를 숙이고 운동화 앞코로 잔돌을 툭툭 찼다. 동수가 감정을 말로 표현하는 건 드문 일이다. 주현은 '대학 못 가는 게 뭐가 어때서?'라고 말하려다가 말았다. 주현도 조금 슬펐다. 안 가는 게 아니라 못 가는 거니까. 사실 간절하게 가고 싶으니까. 대학 이니셜이 박힌 후드 집업을 입고 학점 짜게 주는 교수를 욕하면서 친구들과 둘러앉아 맥주를 마시는 드라마 속 대학생을 보며 자신의 미래를 꿈꿨다.

열다섯 살에 한 선택이 잘못되었다고 생각하지는 않는다. 가난한 집의 열다섯 살 아이들이 할 수 있는 최선의 선택이었다. 사실 선택이라고도 할 수 없다. 유일한 길이었다. 인문계 고등학교는 가지 않은 길이 아니라 가지 못한 길이었다. 주현은 어찌어찌 대학에 가서 어렵게 졸업한다고 해도 대학 졸업장이 자신의 미래를 보장해 줄 거라고 생각하지 않았다. 학자금 대출과 졸업장만 남을 수도 있을 것이다. 주현은 너무 빨리 세상을 알아 버린 아이였다.

주현과 동수가 서로의 사정에 대해 숨기는 거 없이 털어놓기 시작한 게 이때부터였을 것이다. 동수는 자신을 할머니에게 버리듯이 맡기고 5년째 연락이 없는 아빠에 대해 말했다. 할머니가 만두 공장에 다니면서 자신을 돌보니까 얼른 돈을 벌어야 한다고도 했다. 주현은 대학에 합격해 놓고 등록금이 없어 입학하지 못한 언니처럼 되고 싶지 않았다. 주현의 언니는 내세울 만한 기술도 없어 서비스직을 전전하고 있었다. 언니의 불안정한 수입으로 주현네 세 식구가 생활을 하고 있으니 빨리 돈을 벌어야 하는 건 주현도 마찬가지였다. 주현은 주정뱅이 아빠에 대해서는 말하고 싶지 않았다. 차라리 5년째 아빠 코빼기도 보지 못했다는 동수가 낫다고 생각할 때도 종종 있었다.

  서럽고 힘든 사정을 털어놓는 것만으로도 조금은 위안이 되었다. 주현은 그랬다. 그게 동수여서인지는 모르겠지만.

  주현이 특성화고를 가겠다고 하자 담임은 "네 성적이 좀 아깝다. 인문계를 가서 대학을 가는 게 좋지 않겠니?"라고 물었다.

  "대학 갈 형편이 되지 않아요."

  주현은 조금 흔들렸지만 단호하게 말했다. 담임은 잠시 볼펜 꽁무니를 책상에 두드리더니 아무 말 하지 않고 원서를 써 주었다.

  원서를 쓰기 전 동수는 무슨 과를 가야 할지 모르겠다고 고민에 빠졌다. 주현은 학교 홍보 책자의 '토목건축'을 손가락으로 짚으면서 말했다.

  "여기 써. 여기가 경쟁률이 제일 낮을 거야."

  주현은 동수 성적에 혹시 떨어지기라도 하면 어쩌나 싶어 오지랖을 부렸다. 하지만 주현이 지원한 디지털정보학과를 빼곤 전 학과가 미달이었다. 대부분의 아이들이 일반고를 지원했으니 그럴 만했다.

  고등학생이 되자 주현은 학교생활에 실망을 했다. 수업의 질은 기대에 못 미쳤고 매일매일이 지루했다. 학교에서 하고 있는 공부가 자신에게 더 나은 미래를 가져다 주지 못할 걸 알았다. 모든 일에 의욕이 없었다. 반면 동수는 조금씩 철이 드는 것 같았다.

동수의 열여덟 번째 생일이었다. 그날 주현이 큰맘 먹고 케이크를 준비했다. 욕이 연상되는 숫자로 된 촛불도 끄고 생일빵도 남부럽지 않게 하고 난 후였다. 생크림이 잔뜩 묻은 우스운 얼굴에 어울리지 않는 시크한 표정으로 동수가 말했다.

"스물여덟 살 생일에 나는 어떤 사람이 되어서 생일을 맞이할까? 서른여덟 살에는 또 어떻게 살고 있을까. 너는 생각해 본 적 있어?"

미래에 대해 말하는 건 늘 주현이었다. 동수가 그런 말을 하니 낯설었다. 주현은 그때 동수 눈동자가 초겨울의 연못 같다고 느꼈다. 갈색 이파리 몇 잎 달고 있는 나무들과 잿빛 하늘을 비추는 쓸쓸한 연못. 어쩌면 그 연못에 비친 풍경은 주현 자신의 모습일지도 모르는데.

동수가 계속 말했다.

"나 요즘 이런 생각이 들어. 고등학교만 나와서 제대로 된 직업을 가질 수 있을까? 할머니도 돌봐드려야 하고 어른이 되어 결혼을 하게 되면 가정을 꾸릴 정도의 돈도 벌어야 하고, 사회에서 내 자리 같은 게 있어야 할 텐데 말이야."

"자식, 이제야 철이 드는구나."

주현이 동수의 머리를 쓰다듬으려고 손을 올렸다가 어깨를 툭

툭 두드렸다. 고등학생이 되면서 애가 갑자기 대나무처럼 쑥쑥 크고 있다는 걸 자꾸 잊었다.

그해 가을 제주도로 수학여행을 갔다. 동수는 태어나서 여행을 처음 해 본다고 했다.

"나 바다 처음이야. 너무 설레."

다 큰 남자애가 발을 동동거리며 좋아하는 게 너무 웃겼다.

주현은 언니와 가끔 짧은 여행을 다녀오긴 했다. 하지만 역시 제주도는 처음이었다. 성산 일출봉에서 새로 산 모자가 바람에 날아가서 속이 쓰리긴 했지만, 깜짝 놀랄 만한 멋진 풍경을 눈과 가슴에 담고 왔다. 동수는 주현과는 다르게 문화적 충격을 받은 모양이었다. 제주도에 다녀온 뒤 그곳에서 본 건축물 이야기를 자주 했다. 여행 경로가 달라 주현은 보지 못한 본태 박물관과 방주교회가 동수는 꽤나 인상적이었던가 보았다.

"난 태어나서 그런 건물을 실제로 처음 봤어. 되게 멋있더라. 그 건물들을 보는데 심장이 막 뛰는 거야. 너도 보면 좋았을걸."

동수가 말이 많아졌다.

"본태 박물관을 설계한 사람은 일본 건축가 안도 다다오야. 박물관에 그 사람이 설계한 건물 사진이랑 모형이 전시됐더라. 근데 그 사람, 대학을 나오지 않았대. 공고를 나와서 노가다로 건설 현장에서 일하다가 독학해서 세계적인 건축가가 된 거야."

"일본에서는 가능한 일인지 모르지. 우리나라에서는 어림도 없어. 그리고 옛날 사람이잖아. 지금은 말도 안 되는 일이야."

주현은 왠지 신나 보이는 동수에게 찬물을 끼얹듯 말해 버렸다. 그러자 동수는 풍선을 커다랗게 불다가 터트린 표정이 되어 말했다.

"그렇겠지?"

주현은 자신이 동수의 풍선에 바늘을 갖다 댄 것 같아 미안해졌다. 그래서 안도 다다오가 쓴 자서전을 동수에게 선물했다. 동수가 책 읽는 걸 본 적이 없어서 그 책을 읽을 거란 기대는 하지 않았다. 그런데 한참 뒤 동수가 이런 말을 했다.

"네가 준 책 읽고 나서 요즘 꿈에 대해 생각을 자주 해. 난 이제껏 나처럼 불운한 사람은 꿈을 꾸는 것도 사치라고 여긴 것 같아. 그런데 이런 생각이 들더라. 뭐, 꿈 정도는 꿔도 되지 않나. 그런 게 있으면 미래가 기대되고 아침에 일어났을 때 조금은 덜 막막하지 않을까? 학교 가는 게 지겹지 않을 수도 있잖아."

그날 주현은 어른이 되는 장거리 경주에서 동수가 막 자신을 추월했다는 느낌을 받았다.

고3이 되자 동수는 운 좋게 일찌감치 지역의 작은 건설 회사에 현장 실습생으로 취업했다. 그런데 그게 운이 좋았던 걸까? 그때는 그렇게 생각했다.

동수의 첫 근무지는 아파트 건설 현장이었다. 거기서 쥐꼬리만 한 실습비를 받은 날 주현에게 치킨을 사 주었다.

"회사는 어떤 것 같아? 일은 할 만해?"

"노가다지 뭐. 근데 할 만해. 월급이 더 많았으면 좋겠지만, 시간 되면 차차 오르겠지. 이 회사에서 3년 근무하면 군대에 가지 않아도 돼. 다행이지. 요즘 들어 할머니 건강이 안 좋아져서 마음이 좀 그랬거든. 할머니가 지금까지 날 돌봤으니까 이제부턴 내가 할머니를 돌봐드려야지."

"어쭈. 갑자기 철들고 그러면 곤란한데. 어찌 되었든 네가 돈을 버니 좋다. 이런 것도 얻어먹고."

"실습 끝나고 정직원 돼서 월급 제대로 받으면 양념갈비 쏠게."

"실습 좀 먼저 나갔다고 되게 뻐기네. 취업하면 난 더 비싼 거 사 줄게."

둘은 닭다리를 뜯으면서 서로에게 큰소리를 쳤다.

하지만 얼마 뒤, 주현이 실습을 나가기도 전에 동수는 아파트 공사장에서 포클레인에 깔려 한쪽 다리를 잃었다. 그 사고로 동수는 다리만 잃은 게 아니다. 소 같은 눈망울을 하고 빙긋 웃던 맑은 표정도 잃었다. 포클레인에 돌을 던져 망가트린다 해도 동수의 다리와 그 표정을 다시 찾을 수 없다. 알지만, 주현은 동수를 위해 뭐라도 해야 했다. 포클레인에 돌을 천 개쯤 던지면 미안함이 사라질까? 분이 풀릴까?

마당의 침입자들

―― 종훈 ――

작업자들은 점심을 먹고 나서 삼삼오오 무리를 지어 담배를 피며 잡담을 나누거나 골조만 만들어진 건물 안 구석에서 종이 박스를 펼쳐 놓고 잠깐 눈을 붙였다. 종훈은 단열재용 스티로폼 쌓아 둔 곳으로 가 몸을 기댔다. 그러고는 휴대폰을 꺼내 펫캠 앱을 열었다. 특별한 움직임은 없었다. 마당의 동백나무 이파리가 바람에 약간 흔들리는 게 다였다. 며칠 전부터는 검정개도 보이지 않았다.

그는 요즘 틈만 나면 펫캠 영상을 들여다보았다. 석 달 전쯤인가 뒷마당에 세워 둔 포클레인 앞 유리에 금이 가 있는 걸 보았다. 몸체에서도 긁히고 파인 자국을 몇 개 발견했다. 사고가 났을 때 찌그러진 반대쪽이었다. 마당에 가만히 서 있는 기계에 이게 무슨 일인가 싶었다. 남들에겐 폐기 직전의 고물처럼 보일지 몰라도 여전히 작동은 잘 되었다. 그리고 그에게는 애증이 교차하는 물건이었다. 중고긴 해도 구입하는 데 거금이 들어 애지중지하며 관리해 왔다. 이곳에 와서 혼자 살기 시작하면서 그와 가장 시간을 많이 보낸 것이기도 하다. 말을 못 할 뿐이지 그에게는 훌륭한 반려 물건이다. 작업을 하면서 포클레인에게 말을 걸기도 했다. 물론 이 과묵한 친구는 대답하지 않았다.

　포클레인에서 흠집을 발견했을 때 그는 바로 쇼핑 앱을 열어 반려동물 관찰용으로 나온 펫캠을 구매했다. 누군가 날카로운 물건으로 몸체 외부를 긁었고, 둔탁한 무엇으로 두들겼다는 건 셜록이 아니어도 추리할 수 있었다. 대문이 없다고 주인도 없는 줄 아는지 함부로 들어와 기계를 이따위로 훼손해 놓은 게 어떤 작자인지 알고 싶었다.

　펫캠을 설치한 다음 날, 그가 확인한 영상은 작은 동물이었다. 전날 저녁 식사를 하고 마당에 내놓은 음식물 쓰레기를 먹고 있었다. 화면이 작아 어떤 동물인지 알 수 없었다. 시커먼 형체로 보아 길고양이라고 생각했는데 확대해서 보니 개 같기도 하고 너구리 같기도 했다. 검정 종이를 마구 구겨 놓은 것 같은 몸에 복슬복슬한 꼬리가 달려 있었다. 며칠 관찰해 보니 그 동물은 밤이 되면 종종 포클레인 아래에서 잠을 자는 것 같았다. 습성으로 보아 개가 맞는 것 같았다.

종훈은 반려동물을 키워 본 적이 없어 개나 고양이에 대한 지식이 전무했다. 작은 개 같은데 이 겨울에 바깥에서 지내도 괜찮을까, 하는 생각이 들었다. 개는 몸이 털로 덮여 있으니 추위에 강할까? 그래도 요즘 너무 추운데……. 종훈은 포클레인 문을 살짝 열어 놓고 시트에 담요 하나를 올려놓았다. 개가 올라가기에 좀 높을 수 있겠지만 견딜 수 없을 정도로 추우면 어떻게든 들어갈 거라는 생각에서였다. 예상대로 강추위가 몰아닥친 어느 날 포클레인 안에 들어가 있는 개를 영상에서 보았다. 개는 담요 위에 몸을 동그랗게 말고 엎드려 있었다. 자신의 공간에 들어온 작은 생명체를 바라보고 있자니 왠지 측은하게 느껴졌다.

하루는 마트에 장을 보러 갔는데 개 사료가 눈에 띄었다. 적어도 일주일에 한 번은 뭔가를 사기 위해 들르는 곳인데 반려동물용 물건은 처음 보았다. 종훈은 개에게 줄 사료를 한 봉지 사야겠다고 생각했다. 견종에 따라 먹이는 게 다른지 사료 겉봉을 보니 종류도 많았다. 그 개를 실물로는 본 적이 없어 어떤 종인지 알 수가 없었다. 실물을 본다 한들 구분할 수도 없겠지만. 그는 사료 패키지에 있는 강아지 그림을 참고해서 가장 비슷해 보이는 푸들용 사료 한 봉지를 집어 카트에 넣었다. 장 본 걸 트렁크에 싣고 운전을 하는데 헛웃음이 나왔다. 일면식도 없는 개를 먹이겠다고 사료를 사는 자기 자신이 좀 어이없었다.

종훈은 43년의 삶을 사는 동안 누군가를 돌본 경험이 없었다. 태어나 30년 동안은 부모님, 특히 어머니, 결혼 후 10년 동안은 아내 한나의 보살핌을 받았다. 이혼 후에야 처음으로 자신을 위해 밥을 짓고 빨래하고 청소하고 쇼핑을 해 보았다. 마흔이 넘어서야 한 사람이 목숨을 유지하는 데 돈을 버는 것 말고도 엄청난 노동력이 필요하다는 걸 알게 되었다. 전혀 몰랐다고 할 수는 없지만 생각 이상으로 힘든 일이라는 것을 깨달았다.

이혼을 하기 전까지 그는 학교를 다니며 공부하고 회사에 출근을 하는 것만으로도 사는 게 힘겹다고 생각했다. 아내 한나는 그와 같이 회사를 다니면서도 집안일을 맡아서 했다. 그는 어쩌다 설거지를 하거나 청소기 한 번 돌리면서 한나의 일을 대신해 준다고 생각했다. 한나는 '설거지 내가 해 줄게'라고 말하면 화를 냈다. 처음에는 이유를 몰랐다. '설거지'가 아닌 '해 줄게'라는 말 때문에 마음이 상했다는걸. 또한 어쩌다 함께 장을 보러 가면 아내를 도와주는 다정한 남편의 역할을 수행하는 것이라고 생각했다. 장바구니에 담긴 물건의 대부분이 자신이 먹고, 쓰고, 입는 것이었음에도. 그랬던 자신이 사람도 아닌 개에게 먹일 밥을 사 가고 있다니. 한나가 지금의 모습을 보면 놀라 자빠질 것이다. 그가 외로움에 지쳐 돌아 버렸다고 생각할지 모른다.

아침마다 일을 하러 나가기 전에 현관문 앞에 사료와 물을 놔두었다. 저녁에 와서 보면 그릇이 싹 비워져 있었다. 가끔은 개가 나타나 근처에서 얼쩡거리기도 했다. 개의 실물을 처음 봤을 때 그는 웃음을 터트렸다. 온몸이 털로 뒤덮여 얼굴은 보이지도 않았다. 엉킨 털 뭉치 사이에서 꼬리가 정신없이 움직였다. 밥을 챙겨 준 사람에게 감사 인사를 하듯이. 개는 꼬리로 감정과 의사 표현을 한다고 들은 것도 같았다.

"야, 너는 화면으로 보는 게 더 낫다. 그래도 반갑다."

그릇에 사료를 듬뿍 따라 주었다. 개는 오도독오도독 소리를 내며 맛있게도 먹었다. 그러고는 포클레인 위로 껑충 뛰어 올라가 깔아 둔 담요에 엎어졌다. 며칠 또 보이지 않다가 다시 나타나길 반복했다.

포클레인을 훼손한 범인은 펫캠을 설치한 지 한 달쯤 지나 포착되었다. 뜻밖에도 젊은 여자였다. 청바지에 짙은 색 패딩을 입고 모자를 썼다. 정확하진 않았지만 이십 대 초반 혹은 십 대 후반쯤 되어 보였다. 갑자기 펫캠 영상에 여자가 나타나더니 포클레인을 향해 돌을 던졌다. 종훈은 그 장면을 몇 번이나 돌려 보았다. 혹시 아는 사람인가 싶어서였다. 저렇게 작정하고 돌을 던지는 것은 자신에게 억하심정이 있는 사람일 것이다. 하지만 아무리 생각해도 한나 말고는 여자에게 해코지당할 일을 한 것 같지 않았다. 두 사람이 최악의 상황에 부딪혀 안 좋게 결별한 것도 아니고, 설사 종훈이 아무리 밉다 해도 한나가 저런 행동을 할 사람은 아니다. 2년간 보지 못한 사람이 갑자기 이 시골구석에 나타나 그럴 리도 없고. 여자의 얼굴을 확대해 살펴봤다. 화면이 흐릿하긴 하지만 모르는 사람인 것은 분명했다. 얼마 뒤 종훈은 그녀의 실물을 보게 되었다. 아니, 실물을 봤다고 생각했다.

봄바람이 부드럽게 부는 날이었다. 기온이 확 높아지고 꽃들이 꽃망울을 터트려 괜히 심란해지는 날이기도 했다. 종훈은 저녁 식사로 마당에서 고기를 구워 술도 한잔해야겠다고 생각했다. 혼자긴 해도 때때로 마당 있는 집에서만 가능한 호사를 누려보고 싶었다. 일을 마치고 고기를 사 가지고 귀가했다. 마당에 불을 피우고 고기를 굽는데 개가 나타났다. 고기 냄새를 맡고 온 건지 코를 킁킁거렸다. 며칠 동안 밥그릇에 사료도 그냥 남아 있고 보이지도 않았기에 반가워서 말을 걸었다.

"왔니? 오랜만이구나."

말하고 보니 자신의 목소리가 낯설었다. 요즈음 그가 하루 종일 하는 말이라고는 공사장에서 함께 작업하는 동료들과 몇 마디 나누는 게 전부다. 누군가에게 안부를 묻는다거나 살갑게 말을 걸 일이 없었다. 그 처음 상대가 개라니. 어이는 좀 없었지만 이것도 나름 괜찮았다. 눈앞의 존재는 질문도 잔소리도 훈계도 하지 않을 테니. 그가 일방적으로 말을 해도 반대 의견을 내지 않고 묵묵히 들어 줄 테니 말이다. 종훈은 이혼 후 180도 달라진 자신의 삶에 비로소 적응이 된 것 같았다.

이혼을 결심하고 회사에 사표를 냈다. 헤어진 아내와 같은 회사를 다니면서 매일 얼굴을 보는 건 자신 없었다. 그러지 않으면 한나가 먼저 관둘지 모른다는 생각을 했다. 한나를 위해 자신이 할 수 있는 유일한 배려이기도 했고, 그즈음 그는 기진맥진해 있었다. 일에도 삶에도 인간관계에도 아무런 의욕이 없었다.

마침 회사에서는 건설업계의 불황 여파로 명예퇴직 신청을 받던 시기였다. 그것만큼은 운이 좋았다. 덕분에 퇴직금을 많이 챙길 수 있어 한나에게 둘이 살던 집을 주고 자신은 이곳에 정착할 수 있었다. 이혼만으로도 버거울 텐데 한나의 직장과 거주지까지 변화를 겪게 하고 싶지 않았다. 한나가 계속 그 집에 살고 싶어 할지 어떨지는 모르겠지만.

한나 생각을 하면서 개와 고기를 나눠 먹고 있는데 전화가 왔다. 그는 휴대폰 액정에 뜬 발신인을 보고 놀라서 들고 있던 젓가락을 떨어뜨렸다. 한나였다. 거의 2년 만에 온 전화다. 그것도 한나 생각을 하고 있는 바로 지금. 심장이 두근거렸다. 놀라서인지 연애 때처럼 설레서인지 이유는 알 수 없었다.

"여, 여보세요."

"나야."

"응. 오랜만이네."

"그러게. 잘 지내?"

"그럭저럭. 너는?"

두 사람은 외국어 회화 책 첫 페이지에 나올 법한 대화로 어색한 통화를 시작했다. 종훈은 자신의 목소리가 떨리고 있다는 걸 느꼈다. 한나는 그냥 문득 생각나서 전화했다고 말했다. 날씨가 좋아서. 겨울이 끝나 가고 있는 것 같아 기분이 괜찮아 궁금해졌다고. 한나는 유난히 추위를 많이 탔다.

"집 지었다는 얘길 들었어."

"누구한테?"

"음…… 바람결에?"

"그래. 언제 한번 와. 전에 벌초하러 온 적 있는 그 동네야."

"그 저수지에 있는 땅?"

"응."

"멋있겠다. 시간 내서 가 볼게. 우리 이제 편하게 얼굴 볼 수 있겠지? 난 그럴 수 있을 것 같은데……."

그는 한나에게 하고 싶은 말과 묻고 싶은 것이 많았다. 하지만 조심스러웠다. 긴장을 했는지 자신도 모르게 일어나 휴대폰을 꼭 쥐고 이리저리 걸어 다녔다. 심각한 통화를 할 때면 나오는 버릇이다. 그러다가 승용차 룸 미러로 뭔가 움직이는 것을 보았다. 그는 룸 미러 앞에 서서 통화를 했다.

누군가 포클레인에 들어가고 있었다. 몸집이 작은 사람이었다. 어두워서 얼굴은 잘 보이지 않아 펫캠에서 본 여자인지 확인할 수는 없었다. 짧지 않은 통화를 끝내고 포클레인을 등지고 앉아 펫캠 앱을 열어 보았다. 화면에 휴대폰을 보고 있는 자신의 모습과 포클레인이 보였다. 그 안의 사람은 머리만 살짝 나왔는데 그마저도 어두워서 제대로 보이지 않았다. 침입자는 들키지 않기 위해 바닥에 앉아 몸을 구부리고 있는 것 같았다. 그는 서두르지 않고 밥을 마저 먹었다. 개한테도 고기를 충분히 주었다. 그러고 나서 포클레인 쪽에 주의를 기울이며 천천히 뒷정리를 했다. 집 안에 들어가서도 휴대폰으로 관찰했는데, 포클레인 안의 사람은 가만히 있었다. 그는 현관문을 단단히 잠그고 집 안의 불은 끄고 외등만 켜 두었다. 한 시간이 지나도 화면이 움직이지 않았다. 펫캠이 고장 났나 싶어 계속 리셋을 했다.

'도둑이거나 날 공격하려고 온 자이면 지금쯤 슬슬 나올 때가 된 것 같은데……. 잘못 봤나? 노숙자인가?'

별생각이 다 들었다. 거의 두 시간쯤 지났을 때 포클레인에서 누군가 나왔다. 여자였다. 지난번 펫캠 속 여자인지는 분명하지 않았다. 하지만 낯선 여자들이 연달아 나타나 포클레인에 돌을 던지고 점거를 하고…… 왜 이런 일이 일어나겠는가? 같은 여자일 것이다. 이 포클레인이나 종훈 자신에게 유감이 많은 사람. 여자가 나오고 뒤이어 개도 포클레인에서 나왔다. 침대에서 몸을 일으켜 여차하면 뛰쳐나갈 태세를 갖추었다. 만일의 사태에 대비해 무기가 될 만한 게 있나 집 안을 둘러보았다. 서재에 골프채가 있다는 게 생각나 일어서려는데 여자가 느긋하게 스트레칭을 했다. 여자는 수영장에 들어가기 전 준비 운동 하는 것처럼 몸을 풀었다. 저 안에서 잠이라도 잤던 건가? 여자의 행동을 어떻게 이해해야 할지 몰랐다.

잠시 후 여자는 곧장 마당 밖으로 걸어 나갔다. 개도 여자를 쫄래쫄래 따라갔다. 개를 데리고 다니는 노숙자인가, 하는 생각도 들었다. 한나랑 유럽 여행을 갔을 때 노숙자들이 개와 다니는 걸 많이 보았다. 그가 의아해하자 한나가 말했다.

"개를 안고 자면 덜 춥잖아. 개가 사람보다 체온이 높거든."

"진짜 그래서 개를 데리고 다닌다고?"

"뭐 외롭기도 하고…… 그래서 아닐까?"

그때 종훈은 이렇게 대꾸했던 것 같다.

"개가 어떻게 외로움을 달래 주겠어? 말을 할 줄 아는 것도 아니고."

그랬는데, 자기한테 고기를 실컷 얻어먹고 여자를 따라가는 개의 뒷모습을 보는데 기분이 이상했다. 섭섭하기도 하고 배신감 같은 게 느껴진다고나 할까.

그나저나 저 여자는 대체 왜 남의 포클레인에 흠집을 내고 그 안에서 잠까지 잔 걸까? 그리고 저 개는 또 뭐고.

다음 날, 퇴근 뒤 저녁을 먹고 나서 펫캠을 확인했다. 자신의 추리가 틀렸다는 걸 알았다. 침입자는 두 명이었다. 비슷한 나이의 젊은 여성 둘. 한 사람이 먼저 나타나 마당을 돌아다니다 사라졌다. 안경을 끼고 있는 게 어젯밤에 본 여자 같았다. 잠시 뒤 다른 한 사람이 등장해 지난번처럼 포클레인을 향해 돌을 던졌다. 그러고 나서 두 사람이 한 화면에 동시에 잡혔다. 둘이 아는 사이인지 대화를 나누는 것도 같았다. 종훈은 그들이 자신의 집 마당에서 뭘 하고 있는 건지 궁금해서 미칠 것 같았다.

이곳에 정착하겠다고 결심했을 때, 이제 내 삶에서 복잡하고 머리 아픈 일은 더 이상 일어나지 않을 거라고 생각했다. 그러길 바랐다. 특별한 사상이나 세계관을 가지고 자연에서의 삶을 택한 철학자들처럼 이곳에 온 것은 아니지만, 자연에 둘러싸여 이렇게 고요하게 사는 것도 괜찮다는 생각을 하던 참이었다. 그간 많은 일에 시달렸다. 회사에서 일어난 일로 인한 스트레스, 어머니와의 관계, 한나에 대한 미안함, 그리고 자괴감, 자신에 대한 환멸. 이런 것에서 자유로워질 수 있었던 건 자연이 주는 힘 때문이라는 걸 그는 느끼고 있었다. 그 모든 것에서 떠나 와 보이지 않고 들리지 않으니 마음이 평온해졌다. 종종 외로웠지만 서울에 남아 있었던들 외롭지 않았을까.

 그가 전화를 잘 받지 않자 어머니도 지쳤는지 연락이 뜸했다. 어머니는 그가 고향으로 돌아온 사실을 아직 모른다. 만약 알았다면 그냥 계실 리가 없다. 당장 달려와서 그를 묶어서라도 끌고 가실 분이다. 다만 한나에 대한 미안함과 미련만은 가슴속 저 어딘가에 침전물처럼 남아 있었나 보았다. 어제 한나의 전화를 받았을 때, 자신의 내부가 마구 흔들리는 걸 느꼈다. 사라졌다고 생각했던 한나에 대한 감정이 포르르 솟아올랐다. 그 감정은 지금도 그의 몸속을 돌아다니고 있다. 다시 가라앉으려면 시간이 좀 걸릴 것이다.

 종훈은 영상 속의 두 사람을 보면서 생각했다. 복잡한 일들에서 벗어나려고 이곳에 왔지만 인간이 사는 세상에서는 언제 어떤 일이 생길지 알 수 없다고. 자신의 주변에서 뭔지 몰라도 일이 벌어지고 있나 보다고. 사실은 이미 시작된 일이 있었다. 어쩌면 그 일과 관련된 걸지도 모른다.

종훈은 이곳 K시에서 태어나 열일곱 살까지 살았다. 그의 집안은 고조부 때부터 K시의 유지였다. 시내에는 한때 그의 집안 소유였던 건물들이 아직 남아 있다. 영화관과 예식장, 작은 사무실들이 입주해 있는 저층 빌딩들은 이제는 낡고 유행에 뒤떨어져 도심의 경관을 해치고 있었다. K군이 시로 승격될 즈음 세련된 새 건물들이 지어지고 오래된 건물들은 재건축으로 다시 태어났다. 덕분에 시내가 한층 깔끔해져 있었다. 그가 살던 때와 많이 달라졌다.

고등학생이 되던 해 할아버지가 돌아가셨다. 어머니는 기다렸다는 듯이 아버지를 설득해 땅과 건물들을 정리했다. 그리고 서울로 이사를 갔다. 지방 소도시의 부자는 서울에서는 부자 축에 끼지도 못했지만 그럭저럭 부족함 없이 살았다. 그는 강남에 살며 대치동 학원가에서 청소년기를 마무리하고 명문 대학에 들어갔다. 대학 재학 중 미국으로 어학연수도 다녀왔다. 대학 졸업을 앞두고 진로 문제로 부모님과 충돌이 있기 전까지 어머니가 짜놓은 계획표를 착실하게 따랐다.

부모님은 그가 계속 공부를 해서 대학에 남길 바랐다. 하지만 그는 이후의 삶은 스스로 계획해서 살고 싶었다. 공부를 계속 한다면 부모로부터 독립하기 어려울 것 같았다. 부유한 부모의 그늘에 있는 게 싫어서는 아니었다. 다만 자신이 주체적으로 생각하고 움직이는 존재가 아니라 버튼을 눌러야 작동하는 세탁기나 청소기 같다는 생각이 들 때가 있었다.

졸업 후 그는 건축사 사무실에서 실무를 익힌 다음 건축사 시험을 보았다. 그리고 건설 회사에 입사했고, 그곳에서 한나를 만났다. 한나는 강인하고 주체적이고 독립적인 사람이었다. 서른이 다 되었어도 아이 같은 자신과 달리 동갑임에도 한나는 삶에 있어서 그보다 10년은 더 선배 같았다. 한나를 만나고 1년 후에 결혼했다. 여기까지만 얘기하면 그의 삶은 해피 엔딩일 것이다. 뭐, 그때까지는 나쁘지 않은 삶이었다.

그런데 한나의 삶이 그렇지 못했다. 한나는 결혼 생활을 힘들어했다. 5년이 넘어서부터 두 사람은 다툼이 잦았다. 원인 제공을 하는 사람은 대부분 그의 어머니였다. 두 사람은 결혼할 때 딩크족으로 살기로 의견의 일치를 보고 아이를 갖지 않았다. 어머니는 그들 부부의 삶에 끊임없이 끼어들었다. 어머니를 상대하는 일을 그는 한나에게 맡겼다. 그 일이 쉽지 않을 거라는 걸 알았지만, 모른 체했다.

그리고 그가 관리를 맡은 호텔 공사 현장에서 사고가 났다. 팀장이 되자마자 맡은 대형 공사였다. 건물 일부가 무너지고 협력 업체의 작업자 두 사람이 매몰되어 사망했다. 워낙 화제성 있는 건물이어서 언론에서도 크게 다루어졌고 회사에도 치명적인 사고였다. 그는 회사 관리자로서의 책임감과 개인의 윤리적인 가치관이 충돌할 수밖에 없는 상황에 부딪쳤다. 그가 감당하기에는 너무 벅찬 인생 최초이자 최대의 위기였다. 유족들과 처음 만난 날, 그들의 거대한 상실감을 마주했을 때 그는 자신이 서 있는 곳이 악의 세력 쪽이라는 걸 인정해야 했다. 회사에 소속되어 있는 이상 선택의 여지가 없었다. 그 일을 수습해 나가는 동안 심리적, 육체적인 질병들이 교대로 나타났다. 운전을 하다 갑자기 숨이 쉬어지지 않아 도로 한복판에서 차를 멈춰 세워야 했던 적도 있다. 위장병과 고혈압, 수면 장애는 기본이었다. 그런 고통을 한나에게 쏟아부었다. 그때의 일을 생각하면 부끄러워 자신도 모르게 눈을 질끈 감게 된다.

그래도 한나가 있어서 종훈은 그 힘든 시기를 견딜 수 있었다. 고통의 터널에서 어느 정도 빠져나왔을 때, 한나가 불행한 얼굴을 하고 있다는 것을 알아차렸다. 그가 매료되었던 쾌활하고 강인한 모습을 더 이상 찾아볼 수 없었고, 신경질적인 여자가 되어 있었다. 얼마나 심각한 지경이었는지 짐작도 못 했다. 어느 날, 화장대 서랍에서 약봉지를 발견할 때까지. 한나 이름으로 신경정신과에서 처방된 약이었다. 하얀색과 하늘색의 조그만 알약들. 그는 그게 어떤 약인지 알고 있었다. 우울증과 수면 장애 환자에게 처방되는 약이었다. 충격이었다. 한나가 약을 복용하고 있다는 사실보다 그런 상태를 전혀 눈치채지 못했다는 것이 더 충격이었다.

"이거 뭐야?"

그가 약을 내밀었다. 한나는 그의 손에서 약을 빼앗아 휴지통에 버리고 말했다.

"효과도 없더라."

"왜 말 안 했어? 힘들다고."

한나가 말없이 그를 바라보았다.

대답을 들을 필요는 없었다. 한나에게 필요한 건 약이 아닐지 모른다는 생각을 했다. 한나의 자포자기한 듯한 표정은 멀쩡한 날개가 있는데 발에 줄이 묶여 날지 못하는 새를 연상시켰다. 한나를 위해 뭔가를 해야 했다. 이혼이 최선의 선택이었는지는 지금도 잘 모르겠다. 하지만 당시 그것 말고는 그가 할 수 있는 게 없었다. 그가 이혼 얘기를 꺼냈을 때 한나는 놀라지 않았다. 의외였다. 한나의 덤덤한 반응에 오히려 그가 놀랐다. 그가 꺼내지 않았다면 언젠가는 한나 입에서 나왔을 얘기였는지 모른다. 그들은 계약을 파기하는 사업가들처럼 쓸쓸하고 냉철하게 그리고 신속하게 이혼 수속을 마쳤다. 서로를 미워해서라기보다 미워하게 될 걸 예방하기 위해 헤어지는 것이라는 데 동감했던 것 같다.

이혼은 회사를 그만두기 위한 좋은 핑계이기도 했다. 그즈음 회사 가는 게 지옥문을 향해 걸어가는 것 같았으니까. 완공을 코앞에 둔 호텔 건물이 와르르 무너지는 꿈을 반복해서 꾸곤 했다. 더 이상 자신의 직업에 자부심을 가질 수 없었다. 도망치듯 사직서를 냈다. 직장과 결혼 생활을 정리하고 났을 즈음 전염병이 무섭게 퍼지기 시작했다. 전염병이 아니었다면 그는 지금쯤 외국 어딘가를 떠돌아다니고 있을 것이다. 하지만 어디에도 갈 수 있는 상황이 아니었다. 서울에 있고 싶지는 않았기에 자연스럽게 어린 시절의 친구들이 살고 있는 이곳으로 오게 되었다. 어머니는 이곳을 끔찍하게 싫어하지만 그에겐 그리운 장소다. 태어나 유년 시절을 보낸 곳이고, 오랜 친구들이 있는 곳이다. 방학이나 휴가 때면 친구들을 만나러 내려오기도 했다. 무엇보다 1년에 한두 번 아버지와 함께 할아버지 무덤에 벌초를 하러 왔다. 그리고 이곳에는 할아버지가 그에게 남겨 준 땅이 있었다.

할아버지는 낚시를 좋아하셨다. 어릴 때 할아버지가 그를 데리고 이곳저곳 많이 다녔다. 할아버지가 가장 좋아한 낚시 장소가 이곳 저수지다. 할아버지가 낚싯줄을 드리우던 자리에서 지금 그의 집이 있는 땅이 보였다. 뒤로는 숲과 나지막한 산이 있고 앞에는 저수지가 내려다보이는 곳.

"저런 데다 집 지어 놓고 매일 낚시나 하면서 살고 싶구나."

할아버지는 건너편 숲을 바라보며 말하곤 했다.

어린 그는 사람도 없고 가게도 없는 이런 곳에서 살면 엄청 심심하지 않을까 생각했다. 그래도 할아버지와 살면 괜찮을 것 같았다. 원하는 것은 뭐든지 들어주는, 그에게는 마법사 같은 존재였으니까.

"나도 할아버지 따라 여기서 살래."

어린 종훈이 말했다.

"어이구, 고맙구나. 할아버지 심심할까 봐? 기특해라."

손자의 말에 미소 짓던 할아버지의 얼굴이 지금도 눈에 선하다. 이 땅이 그의 이름으로 되어 있는 건 할아버지가 돌아가시고 나서 알았다. 할아버지가 땅을 매입한 건 가시기 3년 전이었다.

구청에 이혼 서류를 접수하고 몇 가지 짐을 챙겨 바로 이곳으로 왔다. 잡초를 정리한 뒤 텐트를 치고 한동안 캠핑을 했다. 생각보다 지낼 만했다. 주말이면 친구들이 찾아와 술판을 벌이기도 했다. 그때 한 녀석이 말했다.

"야, 여기다 집 짓고 살면 기가 막히겠다. 나중에 나한테 이 땅 팔아라. 지금은 돈이 없으니까 한 10년 뒤? 은퇴하면 여기서 낚시나 하면서 살아야지."

그 말을 듣자 신혼여행 때 방문했던 스위스 호숫가의 작은 집이 떠올랐다. 르코르뷔지에가 자신의 어머니를 위해 지은 집. 전면 창으로 레만호가 보이는 직육면체 상자 같은 하얀 집.

"우리도 나중에 나이 들면 이런 데다 작은 집을 지어서 살자."

그 집을 둘러보며 한나가 말했다. 두 사람의 나이 고작 서른이어서 그때는 크게 와닿지 않았다. 어린 시절 어른이 된 자신의 모습을 상상해 본 적은 있지만, 젊은 그가 노인이 된 모습을 상상하기는 쉽지 않았다. 그날이 오지 않았으면 하는 바람에서일 테지.

"이런 절경을 가진 땅이 한국에 있을까?"

"없을까?"

한나가 무심하게 대꾸했다.

그때는 이곳을 생각하지 못했다. 그들이 10년 뒤에 각자의 길로 가게 될 줄은 더더욱 몰랐다.

친구들이 돌아간 뒤 이곳에 집을 짓는 건 어떨지 생각해 보았다. 가만히 누워 머릿속으로 그려 보다가 벌떡 일어나 종이를 꺼내 스케치를 했다. 급기야 러프하게 설계 도면까지 그렸다. 그러는 동안 몸 안에서 뜨거운 무언가가 솟아나 온몸을 휘감았다. 건축을 공부하고 관련된 일을 하는 20년간 한 번도 느껴보지 못한 뜨거움이었다. 텐트 안에 엎드려 집을 열 채도 더 지었다 부수며 밤을 꼬박 샜다. 캠핑 랜턴의 노르스름한 빛으로 희석된 텐트 안 어둠이 옅어질 때쯤 마음을 굳혔다. 집을 짓자. 남는 게 시간이잖아.

텐트 밖으로 나가 버너에 불을 켜고 물을 끓여 인스턴트커피를 탔다. 동이 트는 저수지를 바라보며 커피를 마시다가 자신에게 포클레인 면허가 있다는 것을 기억해 냈다. 대학생 때 무슨 생각에서였는지 동기들과 몰려가 포클레인 면허를 땄다. 미래에 대한 어떤 계획 같은 게 있어서라기보다 재밌을 것 같아서였다. 남자아이들의 첫 장난감이 대개는 자동차, 특히 포클레인이나 레미콘인 것의 연장선상일 것이다. 건축학도들의 치기 같은 것. 며칠간 설계도를 그리고 고치고 하다가 토지 측정을 하고 관공서를 들락거리기 시작했다. 고민하다 중고로 나온 작은 포클레인도 저질렀다. 장난감치고는 너무 비쌌지만, 계속 이곳에 살게 되면 그게 나중의 밥줄이 되어 줄지도 모른다는 생각을 했다.

시간이 어떻게 가는지 몰랐다. 20평짜리 작은 집을 짓는데 1년 넘게 걸렸다. 집이 완성되었을 때, 기쁠 줄 알았는데 허탈했다. 작은 집인데도 휑한 느낌이 들었다. 집을 집답게 하는 것이 거주

하는 사람들의 온기와 생활의 흔적이라는 걸 모르지 않았지만 뭘 사다 채우기라도 해야 할 것 같았다. 하지만 시골구석에서 마음에 드는 가구나 물건을 찾기 어려웠다. 인터넷으로 주문하는 것도 썩 내키지 않아 본의 아니게 미니멀 라이프를 유지하게 되었다.

거실 통창으로는 저수지가 보였다. 전망은 생각한 것보다 훨씬 마음에 들었다. 하지만 수면에서 반짝이는 윤슬을 가만히 보고 있자니 가슴이 서늘해졌다. 날은 화사하고 따스한데도 그랬다. 반짝거리는 빛이 눈을, 피부를, 몸 안 어딘가를 찌르는 것 같았다. 텐트에서 지낼 때는 서정적으로 보였던 똑같은 풍경인데……. 이 풍경에 대해 누군가와 이야기를 나누고 싶었다. 그 누군가가 한나였으면 했다. 함께 여행을 다니며 아름다운 것을 보고 감탄하고, 재미있는 장면을 보고 웃고, 흥분하고, 그랬던 게 자꾸 생각났다. 그는 커튼을 치고 바닥에 누워 더 이상 글이 올라오지 않는 한나의 SNS 계정을 날마다 클릭하면서 하염없이 시간을 흘려보냈다. 포클레인이 그를 들어서 끌어 올려 줄 때까지 한동안.

집을 지으면서 알게 된 목수가 전화를 했다. 포클레인을 가지고 아파트 공사장에서 일해 보지 않겠느냐고. 건물을 설계하고 건설 현장에서 관리자로도 있어 보았지만 포클레인 기사로 일하게 될 줄은 생각도 못 했다. 자격증을 따려고 준비하던 대학생 때도 자신에게 이런 날이 오게 되리라고 짐작이나 했을까.

오랜만에 돌아온 현장은 회사가 다르고 지역이 달라도 여전히 허점이 많았다. 잘 알려진 대기업 건설사에서 짓는 아파트지만 현장 작업자의 80퍼센트는 그 건설사 직원이 아니었다. 하청에 하청에 하청을 받은 소규모 회사 소속이거나 종훈처럼 일용직이었다. 익히 알고 있는 시스템이었다. 허술한 안전 관리와 작업자들의 무책임한 작업 태도가 그의 눈에는 훤히 보였다. 과거의 트라우마로 신경이 곤두서 괴팍해졌다.

하루는 앳된 얼굴의 작업자가 안전모를 손에 들고 작업화도 신지 않고 돌아다니는 것을 보았다. 포클레인에 앉아 있으면 시야가 높아 주변을 더 잘 볼 수 있다. 그는 초면인 그 젊은 애를 불러 세웠다.

"야 이 새끼야, 안전모를 폼으로 들고 다니라고 있는 건 줄 알아? 당장 써! 신발도 그게 뭐야? 운동화 당장 벗고 안전화로 갈아 신어!"

그는 언성을 높여 거칠게 말했다.

젊은 작업자는 부랴부랴 안전모를 쓰면서 말했다.

"안전화는 아직 못 샀어요. 어떤 걸 사야 하는지 몰라서……."

"뭐? 너 하루만 일하러 온 거야?"

"아닌데요. 실습생인데요."

아이는 키만 멀대 같이 크고 시멘트 포대나 제대로 들까 싶게 약해 보였다. 웬 아저씨가 포클레인에 앉아 내려다보며 욕을 하며 윽박지르니까 주눅이 든 것 같았다. 현장에 나오면 그의 말투는 평소와 많이 달랐다. 신입 사원 때 사수에게서 현장에서는 무조건 목소리를 평소보다 두 톤은 더 높이고 말투도 거칠어야 한다고 배웠다. 그때부터의 습성이었다. 또한 안전 문제에 있어서는 민감할 수밖에 없었다.

"실습생?"

"네, 공고 졸업반이라서……."

"그럼 근로 계약서 썼을 거 아냐. 안전화를 왜 네가 사. 회사에서 지급하는 게 의무인데."

"어, 그래요? 이 모자만 주던데."

아이는 머리에 올려놓은 안전모를 가리키며 금시초문이라는 표정을 지었다.

"그리고 중장비 기계 근처에서 얼쩡거리지 말고. 공사장에서 사고 제일 많이 나는 게 포클레인이랑 지게차야."

종훈의 말에 아이가 황급히 포클레인에서 멀찌감치 떨어졌다.

다음 날, 종훈이 식당에서 점심을 먹고 나오는데 일회용 컵을 쥔 손 하나가 얼굴 앞에 쓱 나타났다.

"커피 드세요. 제가 쏘는 거예요."

전날의 그 실습생 아이였다. 식당에서 공짜로 뽑아 먹는 믹스커피가 아니라 커피 전문점 테이크아웃 컵이었다. 그가 커피를 받지 않고 빤히 바라보자 아이가 한쪽 발을 들어 올리며 말했다.

"저 안전화 받았어요. 사무실 가서 말했더니 캐비닛 막 뒤지더니 주더라고요. 그 말 해 주셔서…… 그러니까 감사의 커피예요."
"그래, 잘했다. 잘 마시마."
종훈은 커피를 받아 들었다.
"저는 동수예요. 이동수요."
커피를 마시며 공사장 쪽으로 가는데 동수가 계속 따라왔다. 그러더니 옆에서 종훈의 얼굴을 힐끔거리며 걷다가 뜬금없이 말했다.
"저, 안도 다다오 알아요."
"안도 다다오? 일본 건축가 말이야?"
"네."
동수가 의미심장하게 미소 지었다.
"그래."
"빛의 교회, 물의 교회, 본태 박물관, 뮤지엄 산……."
새로운 걸 배우고 나서 자랑하고 싶은 초등학생처럼 동수는 안도 다다오가 설계한 건축물들을 줄줄 읊었다.
"학교에서 배웠니?"
"교과서에도 나오긴 하는데 그전부터 알고 있었어요. 책도 읽고 본태 박물관도 가 봤어요. 수학여행 때."
"그랬구나."
"기사님은 아니 형은 건축가라면서요."
"형은 무슨."

"에이, 그냥 형이라고 할게요."

종훈은 아이의 얼굴을 가만히 바라보았다. 코밑수염이 고양이 털처럼 부드러워 보였다. 자신은 그런 아이에게 형이라고 불리기에는 민망한 나이였다.

"아저씨라고 해. 그리고 자격증 있다고 다 건축가는 아니야. 내가 설계한 작품이 있어야지."

"암튼요. 건축가 되기 어려워요?"

"잘 기억이 안 난다. 오래 되어서."

시험을 봐서 어딘가에 들어가고 뭐가 되는 것은 어렵지 않았다. 먼저 한 사람들이 남긴 매뉴얼이 있으니까. 강의를 듣고 책을 찾아 읽고, 하라는 대로만 하면 되는 거니까. 그런 것보다 삶이, 사랑하는 사람을 배려하고 조화를 이루며 살아가야 하는 삶이 더 어려웠다. 삶에는 매뉴얼이 없다. 열여덟 살 아이에게 그런 걸 말해 봤자 알아들을까?

"제 롤 모델이에요. 안도 다다오가. 제 친구가요, 걘 여자앤데. 아, 여자 친구는 아니고 여사친이에요. 걔가 안도 다다오가 쓴 책을 선물해 줘서 읽었어요."

"좋은 친구를 두었구나."

"네. 그런 것 같아요. 근데 아저씨도 본태 박물관 가 봤어요?"

"그래, 가 봤다."

"정말 끝내주죠? 저는 제주도도 처음이었지만 제 평생 그렇게 멋있는 건물은 처음 봤어요. 그 건물 안에 있는데 심장이 막 간질간질하고 두근거리는 거예요."

동수는 가슴 한쪽을 손으로 짚으며 말했다.

그는 심장은 그쪽이 아니라고 지적하는 대신 고개를 끄덕였다. 커피를 얻어 마셨으면 그 정도는 해 주는 게 마땅했다.

종훈은 동수의 얘길 들으면서 자신의 청소년기를 생각했다. 가슴이 간질간질하고 두근거리게 하는 게 있었던가? 있었겠지. 하지만 기억이 나지 않았다. 학교 수업이 끝나면 야자를 하거나 학교 앞에서 기다리는 엄마 차에 실려 학원을 전전하다 12시가 다 되어 귀가했다. 공부 말고는 아무것도 하지 않아도 되었다. 부모님은 공부만 하면 뭘 해도 넘어가 주었다. 그가 할 일은 엄마가 정해 놓은 수준의 대학에 들어가는 거였다. 대학에 가서 무슨 공부를 하고 나중에 어떤 일을 할 것인지 생각한 적도 없다. 엄마가 짠 스케줄에 따라 학원 수업을 듣고 과외를 했다. 먹고 싶은 음식과 갖고 싶은 운동화, 잠깐의 여가를 위한 게임기, 말만 하면 다 대령이 되었다.

동수는 버스를 두 번 타고 공사 현장에 출근해 인부들의 심부름이며 허드렛일을 했다. 실습이라고도 할 수 없는 일들이었다. 그런 일을 백날 한다고 집 짓기에 대한 지식과 기술을 습득할 수 있을지 의문이었다. 동수도 그걸 느꼈을 것이다. 동수는 종훈이 대학에서 건축을 공부하고 대기업 건설 회사에서 일했다는 것을 누구에겐가 들었나 보았다. 답답했을 테지. 그러니 과거에 뭘 했건 지금은 포클레인 기사일 뿐인 그에게 이런 얘기를 하는 거겠지.

"다른 건축물도 본 적 있어요?"

동수가 호기심에 반짝이는 눈빛으로 물었다.

"음. 빛의 교회, 물의 교회……."

"우와! 정말요?"

휴가 때면 한나와 함께 좋아하는 건축가들의 작품을 보기 위해 비행기를 타고 기차를 탔다. 일본, 프랑스, 스위스, 핀란드, 스웨덴, 네덜란드……. 많이도 돌아다녔다. 두 사람이 휴가를 보내는 방식이었다. 그것이 누군가에게는 '우와!'라는 탄성을 지르게 하는 일이라는 걸 뒤늦게 깨달았다. 그때 한나와 함께 무엇을 보고 무슨 얘기를 나누었는지 또렷하게 기억나는데도 현실에서 있었던 일 같지 않았다.

그날 이후 동수는 그를 졸졸 따라다녔다. 점심시간이면 그가 앉은 테이블에 끼어 앉아 물을 따라 주고 수저를 놔 주기도 했다. 원래 말이 많은 아이 같지는 않은데 그와 있으면 수다가 폭발했다. 부모 없이 할머니와 단둘이 산다는 얘길 들어서인지 보고 있으면 좀 짠했다.

"저도 포클레인 자격증 따야겠어요. 좀 가르쳐 주세요."

어느 날인가는 동수가 포클레인을 살살 쓰다듬으면서 말했다.

"학원 가서 배워."

"에이, 좀 가르쳐 줘요. 학원은 비싸잖아요."

"난 남 가르치는 거 못 해. 성질이 못돼서."

너무 단칼에 자르듯이 말한 것 같아서 슬쩍 동수 표정을 살피며 말했다.

"이따 밥이나 먹으러 가자. 뭐 먹고 싶냐? 맛있는 거 사 줄게."

"양념갈비요!"

괜찮다고 할 줄 알았는데 곧바로 대답이 튀어나왔다.

"제가 값도 싸고 무한 리필 되는 고기 뷔페를 알거든요."

아들뻘 되는 아이에게 싸구려 식당에서 음식을 사 주고 싶지 않았다. 그는 친구들과 간 적 있는 고깃집으로 동수를 데리고 갔다.

"우와, 여기 텔레비전에 나온 데예요. 여기 와 보고 싶었는데."

동수는 흥분해서 외치다가 갑자기 그의 귀에 입을 대고 속삭였다.

"아저씨, 근데 여기 엄청 비싸요."

"알아. 많이 먹고 다시는 나한테 포클레인 운전 가르쳐 달라고 하지 마."

"네……."

동수가 좋아하는 걸 보니 종훈도 기분이 좋았다. 누군가에게 밥을 사 주며 이렇게 뿌듯해 보긴 처음이었다.

다음 날 동수는 현장에 오자마자 그를 찾아와 커다란 쇼핑백을 내밀었다.

"할머니가 갖다 드리래요. 깍두기랑 오이소박이예요. 통은 다 먹고 반납하면 좋지만 그냥 가져도 상관없대요."

"야, 이걸 왜?"

"어제 잘 얻어먹었으니 보답을 해야 한다고."

그는 손사래를 치며 받지 않으려 했다. 하지만 동수는 막무가내로 쇼핑백을 포클레인 안에 밀어 넣으며 말했다.

"할머니가 사람은 염치를 알아야 한대요. 받으세요. 안 받으면 제가 염치없는 사람이 된다고요. 그리고 혼자 산다고 대충대충 먹지 말고 잘 챙겨 먹고 다니라고 할머니가 전하래요."

그는 부모가 없는 동수를 안쓰럽게 보았지만 다른 사람들 눈에는 동수보다 자신이 더 처량하게 보일 거라는 생각이 처음으로 들었다. 나이를 먹을 만큼 먹은 중년 남자가 가족도 없이 홀로 시골 외딴 집에서 살며 일용직으로 일을 하고 있으니 말이다.

그렇게 염치를 아는 동수는, 건축가도 되고 싶고 포클레인 자격증도 따고 싶고 안도 다다오가 롤 모델인 동수는, 실습 기간을 다 채우지도 못하고 사고를 당했다.

공사 비용을 절감하기 위해 시공사가 도급에 도급을 주는 식으로 굴러가다 보니 현장에서는 안전 수칙이 제대로 지켜지지 않는 일이 비일비재했다. 그는 작업반장과 윗선의 관리자들에게 몇 번이나 지적을 하고 항의를 했다. 가끔은 그의 말이 먹힐 때도 있었지만 일용직 포클레인 기사의 항의는 묵살되기 일쑤였다. 사고는 공사장에 쌓아 둔 철근 더미가 무너지면서 일어났다. 철근 더미 옆에 있던 돌 더미와 포클레인이 연쇄적으로 무너지면서 근처에 있던 작업자들이 깔렸다. 세 사람이 크게 다쳤다. 그들 중 한 사람이 동수다.

사고가 난 날 종훈은 현장에 없었다. 사촌 동생의 결혼식에 참석하러 일을 쉬고 서울에 가던 길이었다. 고속 도로에서 운전을 하다가 전화를 받았다. 갓길에 차를 세우고 한참을 멍하니 있었다. 다리가 떨려 운전을 할 수가 없었다. 왜 나한테 자꾸 이런 일이 벌어지는지, 누구 탓을 해야 하는 건지, 아무도 답해 줄 수 없는 질문들만 머릿속을 떠돌 뿐이었다. 한참을 그러고 있다가 간신히 정신을 수습해 차를 돌려 K시로 돌아왔다. 병원에 도착했을 때 응급실 앞에서 울고 있는 여자애를 보았다. 아마 그 애일 것이다. 동수의 '여사친'. 펫캠 화면에서 본, 포클레인을 향해 돌을 던진 여자애가 맞을 것이다.

그러면 포클레인 속에 숨어 있다 강아지와 함께 사라진 그 여자는, 그 사람은 누구일까? 도대체 왜…….

나의 볼보

———(은수)———

"야, 이게 뭐야?"

은수 뒤를 따라온 까만 털 뭉치를 보고 삼촌이 기겁했다. 강아지는 더없이 무해한 얼굴로 꼬리를 흔들더니 갑자기 로켓처럼 튀어 나가 마당을 뛰어다녔다. 뱅글뱅글뱅글 몇 바퀴나 돌았는지 모른다. 다리에 엔진이라도 달린 것처럼 뛰었다. 그러더니 혀를 빼물고 매화나무 밑동에 오줌을 쌌다. 마당이 꽤 마음에 드나 보았다.

"어제 포클레인 안에서 같이 잔 강아지야."

은수는 집에 놀러 온 친구를 소개하듯 말했다.

"가라 그래도 자꾸 따라오잖아."

변명이긴 하지만 사실이었다. 그리고 계속 졸졸 따라오는 강아지가 싫지는 않았다. 강아지랑 앞서거니 뒤서거니 걷다 보니 어느새 집에 다 온 것이다.

"으아아, 나 개 싫어한다. 빨리 치워라."

"불쌍하잖아. 유기견 같아."

"불쌍? 아니, 아니. 수상해. 검정색 복슬강아지. 왠지 낯익어. 강아지 탈을 쓴 악마, '메피스토펠레스'일지도 몰라. 너 누구냐? 정체를 밝혀라."

삼촌이 연극 대사를 읊듯 강아지에게 호통을 쳤다.

"삼촌 왜 이래? 무대가 그리워서 미치기 시작했나 봐. 100년은 빨지 않은 대걸레 같긴 해도 악마라고 하는 건 너무 오버다. 더러워서 그렇지 잘 보면 귀여워."

"파우스트도 모르는 너랑 무슨 얘길 하겠니. 됐다."

삼촌은 고개를 젓다가 나도 모르겠다는 듯 양손을 올리고 들어가 버렸다.

강아지는 이제 마당 한복판 잔디밭 위를 뒹굴며 놀고 있었다. 까만 털에 누런 잔디 부스러기가 떡고물처럼 잔뜩 묻었다. 은수는 두부가 들어 있던 플라스틱 용기에 물을 담아 강아지에게 주었다. 뛰어다녀서 목이 말랐는지 할짝할짝 귀여운 소리를 내며 물을 반 이상 마셨다.

"이렇게 귀여운데 악마래."

은수는 물 먹는 강아지 옆에 쪼그리고 앉아 혼잣말했다.

"너 여기서 살고 싶니?"

강아지가 물통에서 고개를 들더니 은수 손등을 핥았다. '그래도 돼?'라고 눈이 말하고 있었다.

물을 다 마신 후엔 앞발에 고개를 얹고 쉬었다. 한바탕 마당을 뛰어다녀 지쳤나 보았다.

집 안으로 들어가니 삼촌이 저녁 준비를 하고 있었다.

"강아지가 배고플 텐데 뭘 줘야 하나?"

은수는 부엌으로 가 삼촌 주변을 얼쩡거리며 중얼거렸다. 삼촌이 감자를 깎다 말고 은수를 째려보았다.

"아, 정말 귀찮아. 야, 감자나 까. 그리고 깨끗이 씻어서 반달 모양으로 잘라. 감자조림 할 거니까."

삼촌이 감자칼을 건네며 말했다.

"와, 삼촌 그런 것도 할 줄 알아? 맛있겠네."

은수가 냉큼 감자를 집어 들었다. 삼촌은 냉동실에서 닭 가슴살을 꺼냈다. 근육 유지 해야 한다며 냉동실에 쟁여 놓고 혼자 야금야금 먹더니…….

강아지에게 닭 가슴살을 삶아 저녁밥으로 주자 한 덩이를 순식간에 해치웠다. 그러곤 어두워지자 자기가 오줌을 싼 매화나무 아래 자리를 잡았다. 아예 마당에 눌러앉을 작정인가 보았다.

"삼촌, 얘 안 갈 건가 봐."

"닭 가슴살에 감동했나 보다. 그게 동물 복지 무항생제 닭이거든. 맛이 괜찮더라니까. 비린내도 안 나고 담백하고."

"우리가 그냥 키울까?"

"혹시 그 '우리'에 나도 포함이 되니? 그렇다면 반댈세."

삼촌이 정색을 했다.

"내쫓을 수는 없잖아."

"너무 잘해 주지 말고, 관심도 보이지 마. 그럼 저절로 나가게 되어 있어."

강아지는 자신의 거취 여부에 대한 대화에는 관심 없다는 듯 엎드려서 혀로 제 발을 날름날름 핥고 있었다.

강아지를 매화나무 아래 두고 집에 들어갔다. 하지만 은수의 신경은 온통 바깥으로 쏠렸다. 자꾸 창문을 열고 내다보았다. 볼 때마다 강아지는 그 자리에 그대로 있었다. 자려고 침대에 누웠는데 강아지가 추울 거라는 생각이 들었다. 일어나서 이모의 장롱을 뒤졌다. 주인 허락도 받지 않은 무례한 행동이긴 하지만 1번 이모라면 이해해 줄 것이다. 은수는 가장자리가 해진 담요를 찾아내 마당으로 나갔다. 강아지는 여전히 매화나무 아래 엎드려 있었다. 그런데 강아지가 앉아 있는 바닥에 종이 박스가 깔려 있고 앞에는 이가 나간 사기그릇에 물이 담겨 놓여 있었다. 은수는 삼촌이 지내는 방을 쳐다보았다. 아직 불이 켜져 있었다.

"잘해 주지 말라며."

노르스름한 불빛을 보며 은수는 삼촌이 앞에 있는 것처럼 말했다. 기척을 느낀 강아지가 일어나 멍멍 짖더니 은수를 알아보고 꼬리를 흔들었다.

"춥지? 널 안으로 데리고 들어가고 싶은데 너무 더러워서 안 되겠어. 이거 덮고 자. 너 포클레인에서도 이런 담요 깔고 잤지?"

고맙다는 건지, 강아지가 은수 손을 핥았다. 간지럽고 축축하고 따뜻하고…… 친근한 느낌. 마치 있지도 않은, 오래전에 헤어진 자매를 만난 것 같은 느낌이었다.

다음 날 아침에 마당으로 나가니 강아지가 보이지 않았다. 매화나무 아래에는 물그릇과 헝클어진 담요만 있었다. 은수는 섭섭하고 실망스러운 나머지 소리를 질렀다.

"야, 강아지! 대걸레 강아지! 너 가 버렸냐?"

은수 목소리가 커다랗게 울리자 집 주위를 둘러싸고 있는 나무들이 휘청하거나 가지를 팔락팔락 움직이는 것 같았다. 그러자 왈왈하는 소리가 들리고 곧바로 강아지가 나타났다. 뒤뜰 쪽에서 귀를 펄럭이며 달려와서는 은수 주위를 뱅글뱅글 돌았다. 그 순간 은수는 오래전에 느꼈던 어떤 감정이 소환되었다. 대여섯 살쯤이었을까, 엄마와 함께 퇴근이 늦는 아빠를 마중 나갔을 때였다. 은수는 지하철역에서 계단을 올라오는 아빠를 보자 반갑고 기쁘고 안심이 되었다. 팔을 벌리고 은수를 향해 달려오던 아빠와 꺄 소리를 지르며 뛰어가던 자신의 모습이 생생하게 떠올랐다. 그때 느꼈던 아빠에 대한 어린 은수의 마음이 지금은 한 조각도 남아 있지 않았다. 다 어디로 가 버린 것일까? 강아지 한 마리가 참 여러 가지 감정을 불러일으킨다고, 은수는 생각했다.

강아지는 그날도, 그다음 날도, 다음다음 날에도 칠 남매 집 마당에서 잠을 잤다. 은수가 수업하는 동안에는 사라졌다가 수업을 마치고 마당에 나가 부르면 어디선가 귀를 펄럭이며 나타났다. 그때마다 1년은 떨어져 있다 만난 연인처럼 어찌나 요란스레 애정 표현을 하는지, 우습기도 하고 살짝 울컥하기도 했다. 함께 산책을 할 때면 한참을 앞서가다가 간간이 멈춰 서서 뒤돌아보며 은수가 오는지 확인하곤 했다. 삼촌은 냉동실의 닭 가슴살이 줄어드는 걸 보며 입술을 뜯더니 차를 몰고 나가서 강아지 사료를 사 왔다. 이모의 그릇장에서 이 나간 사기그릇이 한 개 더 나왔다. 매화나무 아래에는 사기그릇 두 개가 나란히 놓이게 되었다.

은수는 매화나무 아래 쪼그리고 앉아 까드득까드득 신기한 소리를 내며 맛나게 밥을 먹는 강아지를 지켜보았다. 팔짱을 끼고 옆에 서 있던 삼촌이 말했다.

"이젠 얘를 어떻게 해야겠다."

"어떻게?"

은수가 놀라서 고개를 들었다.

삼촌은 대꾸 없이 집 안으로 들어갔다. 안에서 말소리가 들리는 걸로 보아 어딘가에 전화를 하는 것 같았다. 삼촌은 한참 만에 밖으로 나와서 커다란 종이 상자를 은수에게 건네며 말했다.

"이 상자에 강아지 담아서 자동차 뒷자리에 실어. 난 못 만져."

"왜? 어디 가게? 버리는 거 아니지?"

"키우자며."

"정말, 그래도 돼?"

"그럼 어쩌냐. 아예 여기 자리를 잡은 거 같은데. 수의사 친구한테 말했더니 근처 유기 동물 보호소 알려 줬어. 키우려면 등록부터 하란다. 네가 책임져야 해. 난 못 해."

"와아아아! 삼촌 고마워, 사랑해."

은수가 끌어안을 듯이 달려가자 삼촌은 얼른 차 안으로 들어가면서 말했다.

"아, 정말 귀찮아 죽겠네."

유기 동물 보호소에 도착했을 때 은수는 말이 나오지 않았다. 차에서 내리자 개 짖는 소리가 합창처럼 들려왔다. 나 여기 있다고, 구해 달라는 비명 같았다. 회색 콘크리트 건물 옆에 창고처럼 생긴 기다란 가건물이 있었는데 소리는 그곳에서 났다. 도대체 몇 마리나 있기에 이런 엄청난 소리가 나는 걸까?

자동차 뒷자리에서 상자를 꺼냈다. 강아지는 한쪽 구석에 웅크리고 있었다. 상자 바닥에 동그스름하게 진한 얼룩이 생겼다. 오줌을 쌌나 보았다. 오는 동안 계속 끙끙거리더니 공포에 떤 것 같다. 은수는 강아지를 상자 안에서 들어 올려 꼭 안았다. 불안이 가득한 강아지 눈을 보니 더럽다는 생각을 할 수가 없었다. 삼촌의 눈이 휘둥그레졌다.

"아까 전화하신 분이시죠?"

건물 안에서 직원인 듯한 여자가 나와 물었다. 강아지 발바닥 무늬가 프린트된 앞치마를 입고 있었다. 직원이 다가오자 강아지가 이를 드러내고 짖기 시작했다. 으르렁거리고 컹컹대고……. 작은 체구에서 어떻게 이런 소리가 나올까 싶게 짖었다. 그동안 은수가 한 번도 본 적 없는 모습이었다. 품에서 버둥대며 튀어 나갈 것 같아 진땀이 났다.

"야, 안 돼. 짖지 마."

은수는 강아지를 더 세게 안았다. 손바닥으로 강아지의 격렬한 심장 박동이 전해졌다.

"괜찮아요, 그냥 내려놓으세요. 겁먹어서 그러는 거예요."

직원이 천천히 다가오며 말했다.

은수가 강아지를 바닥에 놓았다.

"아이고, 너 당장 씻어야겠구나. 괜찮아. 이리 와."

직원은 강아지가 아무리 짖어도 아랑곳하지 않았다. 몸을 숙이고 강아지 목을 살살 만져 주자 짖기를 멈추었다. 강아지는 잠깐 으르렁대더니 얌전해졌다. 강아지를 쓰다듬으면서 직원이 은수에게 물었다.

"얜 이름이 뭘까요?"

"그게 아직……."

그러고 보니 강아지에게 이름이 없었다.

"볼보. 볼보라고 할래. 우리 처음 만난 데, 그 포클레인에 볼보라고 써 있었어."

은수가 입양 동의서를 앞에 놓고 말했다. 직원이 강아지를 데리고 들어간 뒤 은수는 내내 생각했다. 그보다 더 알맞은 이름은 없을 것 같았다.

"별론데. 메피스토라고 하라니까."

삼촌이 시큰둥하게 말했다.

은수는 삼촌 말은 무시하고 서류의 강아지 이름 칸에 '볼보'라고 적은 후 보호소 직원에게 건넸다. 직원이 서류를 죽 훑어보더니 다시 삼촌에게 내밀었다.

"여기 사인하세요. 볼보는 목욕이 끝났고, 지금 검진하는 중이에요. 별다른 이상 없으면 예방 주사 맞고 나서 데리고 가시면 돼요."

직원이 서류를 들고 진료실 안으로 들어갔다. 10분쯤 지났을까? 강아지 한 마리를 품에 안고 다시 나타났다. 작고 까만 강아지였다. 강아지가 은수를 보더니 직원의 품에서 버둥거리고 헥헥거렸다. 바닥에 내려놓으니 은수를 향해 달려와서 앞다리를 들고 꼬리를 힘차게 흔드는데……. 아, 대걸레 강아지, 아니, 볼보였다. 털을 박박 깎아 몰라 보았다. 품에 안자 볼보가 얼굴을 마구마구 핥아 댔다. 볼보에게서 샴푸 냄새가 났다. 은수는 강아지를 꼭 안았다. 털을 밀고 나니 얼마나 작은지 품에 쏙 들어왔다. 은수는 그 따뜻한 존재의 이름을 불러 보았다.

"볼보. 볼보. 나의 볼보."

은수와 볼보가 재회 세리머니를 하는 동안 보호소 직원과 삼촌은 현실적인 대화를 나누고 있었다.

"볼보한테 칩 심었어요. 선생님 이름이랑 전화번호가 저장되어 있으니 잃어버리면 찾을 수 있을 거예요. 중성화 수술이 안 되어 있는 것 같으니 나중에 예약해서 오시면 되고요."

"중성화 수술도 해 주시나요?"

"네, 지원금이 있으니 가능하면 빨리 오시는 게 좋아요. 보통 상반기 지나면 지원금이 떨어져요. 그럼 자비로 하셔야 해요."

직원이 목줄과 사료, 간식 같은 것들을 챙겨 종이 가방에 담아 내밀었다.

"입양 선물이에요. 볼보 잘 키우세요."

은수는 집에 가는 내내 볼보를 무릎에 앉히고 쓰다듬었다. 볼보는 잠을 자는 것 같았다. 지쳤나 보았다. 힘든 하루였을 것이다. 은수에게도 긴 하루였다. 무릎에 놓인 6킬로그램의 무게만큼 책임감이 생겼다. 잘할 수 있을까? 은수가 무슨 생각을 하고 있는지 안다는 듯 볼보가 자면서도 꼬리를 살짝 흔들었다.

집에 도착하자 볼보를 안으로 데리고 들어가 침대 옆에 두꺼운 방석을 깔아 주었다.

"이제부터 이게 네 침대야."

볼보는 처음부터 이 방에 살았던 것처럼 자연스럽게 방석에 올라갔다. 몸이 간지러운지 앞발로 몇 번 벅벅 긁고는 엎드렸다.

그날 밤, 은수는 잠결에 몸을 뒤척이다 발에 뭔가 걸려 깼다. 볼보가 침대 위로 올라와 은수의 다리에 몸을 딱 붙여 자고 있었다. 처음 만난 날처럼. 볼보의 몸이 닿은 종아리가 따뜻했다. 작은 몸을 동그랗게 말고 있는 볼보에게 손을 뻗어 머리와 등을 쓰다듬었다. 건조기에서 갓 나온 수건처럼 보드랍고 따끈해 감촉이 좋았다. 은수는 누군가 자신에게도 이렇게 해 준다면 얼마나 기분이 좋을지 생각했다. 머리를 쓰다듬으며 따스한 목소리로 '요즘 무슨 고민 있니?'라고 물어 준다면…….

볼보가 고개를 들고 은수를 보았다. 졸려 죽겠는데 계속 만지니 귀찮았나 보다. 일어나서 자리를 옮겨 다시 엎드렸다. 볼보가 있던 자리를 만져 보니 따끈했다. 햇볕 한 조각이 머문 자리처럼.

다음 날 아침에는 일찍 일어나 볼보와 산책을 했다. 다람쥐가 나타나 길을 가로질러 갔다. 볼보는 전력을 다해 다람쥐를 쫓았다. 다람쥐가 숨어 버린 돌 틈으로 코를 박고 킁킁거렸다. 그러곤 돌아와서 의기양양한 모습으로 칭찬이라도 해 달라는 듯 엉덩이로 은수 다리를 툭툭 쳤다. 기분 좋은 산책이었다. 집으로 돌아오다 보니 집집마다 마당에 매화가 활짝 피어 마을 전체가 분홍이었다. 공기엔 마음을 붕 뜨게 하는 냄새 이상의 무언가가 섞여 있었다. 살짝 현기증이 났다.

산책을 마치고 은수와 볼보가 마당으로 뛰어 들어갔다. 삼촌이 잠옷 바람으로 마당 한가운데 서 있었다. 슬리퍼 앞으로 튀어나온 맨 발가락이 추워 보였다.

"삼촌, 왜 그러고 있어? 뭔 일 있어?"

삼촌이 대답 대신 난처한 표정을 지으며 휴대폰을 내밀었다. 화면에 장문의 문자 메시지가 있었다.

― 안녕하세요. 볼보 보호자님. ○○ 동물 보호소입니다. 어제 댁으로 돌아가신 후 원장님이 볼보의 초음파 사진을 다시 보셨대요. 중성화 수술을 한 건지 안 한 건지 정확하지가 않아서요. 그런데 몸 안에 칩이 하나가 더 있는 걸 발견하셨어요. 목 아래에 있어서 못 보셨대요. 그러니까 볼보는…… 누가 잃어버린 강아지가 아닐까 싶어요. 혹시 몰라서 문자로 정보 남겨 놓을게요. 아, 그리고 볼보는 중성화 수술이 되어 있다고 합니다.

"무슨 소리야?"
"누가 잃어버린 강아지라는 거지. 그러니까 주인이 지금 얘를 찾고 있을지도 모른다고."
"돌려보내야 한다고?"
"어쩌면."
"그런 게 어딨어? 어디 사는 누군 줄 알고. 어딘 줄 알면 얘가 찾아갔겠지."
은수의 말에 삼촌이 휴대폰을 다시 내밀었다.

― 박순애: 010-1234-5678

강아지 이름: 복순이

"이게 뭐야!"

말도 안 되는 일이 일어났다. 은수는 뭐라고 대꾸해야 할지 몰라 소리를 질렀다. 그럴 순 없다. 어떻게 보낸단 말인가, 나의 볼보를. 진짜 가족이 된 지 하루만에. 이 사실을 알 리 없는 볼보는 매화나무 아래로 가더니 한쪽 다리를 들고 오줌을 쌌다. 자기 집이라고 표시하듯.

"그리고 복순이가 뭐야, 이름이!"

은수의 괴성에 볼보가 고개를 돌려 쳐다보았다.

"안 돼. 안 보낼 거야. 삼촌이 자꾸 귀찮다고 하니까 이런 일이 생기잖아. 괜찮다고 말해 얼른. 여기서 영원히 살아도 된다고."

은수는 볼보를 꼭 끌어안았다. 절대 헤어지지 않겠다는 듯이.

잡초의 마음

―――――――――(주현)―――

"자, 이번 달 월급."

주현은 외숙모가 내미는 봉투를 머뭇거리다 받았다.

"장사도 안 되는데 저 알바비 주면 남는 것도 없겠어요."

"신경 끄셔. 그런 걱정은 고용주 몫이야."

외삼촌 외숙모가 고용주가 아니라면 주현도 신경 쓰지 않을 것이다. 외삼촌 부부가 주현을 위해 일부러 만든 일자리 같아서 더 마음이 쓰였다.

지난겨울 어느 날, 주현은 시내 뒷골목에서 술에 취한 채 친구들과 담배를 피우고 있었다. 그때 바로 옆 식당에서 식사를 하고 나오던 외삼촌과 정면으로 마주쳤다. 주현은 꽤 취해 있었고 외삼촌이 마스크를 쓰고 있어서 처음엔 알아보지 못했다. 웬 이마가 넓은 아저씨가 다가오기에 어린 기지배가 길거리에서 담배 핀다고 한소리 하려나 보다, 생각했다. 한두 번 겪은 일이 아니니까. 주현은 가시를 바짝 세운 고슴도치처럼 서 있었다.

"주현아."

가까이 온 아저씨가 애잔한 목소리로 자신의 이름을 불렀다. 너무나 익숙한 목소리. 외삼촌의 부름에 주현은 담배를 떨어뜨렸다. 외삼촌이 담배를 주워 바닥에 비벼 껐다.

그즈음 주현은 취업이 되지 않아 되는 대로 알바를 하고 나머지 시간에는 친구들과 어울려 술이나 마시며 돌아다녔다. 동수의 사고는 동수 본인뿐 아니라 주현에게도 지진 같은 일이었다. 발 딛고 있던 알량한 공간이 무너져 내렸다. 어떤 방향으로 나아가야 하는지, 어떤 목표를 세워야 하는지, 그런 고민이 무르익기도 전에 와르르.

게다가 전염병은 점점 더 확산되었다. 학교도 가지 못했고 현장 실습생을 받는 회사도 거의 없었다. 많은 회사가 문을 닫거나 매출이 떨어졌다. 졸업을 하고 나서도 취업을 하기 쉽지 않았다. IT 회사에 들어가고 싶어 취업 준비를 하고 있었지만 주현에게 문을 열어 주는 직장은 나타나지 않았다. 유망할 줄 알고 선택한 전공은 사방에 널린 게 디지털 정보 전문가라 딱히 도움이 되지 않았다. 학교에서 배운 얄팍한 지식으로는 제대로 된 회사에 취업하기 어려웠다. 졸업을 했으니 일을 하고 살 궁리를 해야 했지만 의욕이 생기지 않았다. 동수 생각만 하면 화가 치솟고 욕이 나왔다. 술을 마시면 입 밖으로 쌍욕을 내뱉었다. 취하면 딴사람이 되는 주정뱅이 아빠를 그렇게 혐오했는데, 자신이 그걸 닮아 가고 있었다.

"어디 가서 차를 한잔 마시자."

외삼촌이 말했다.

"가야 할 데가 있어요."

주현은 외삼촌과 눈을 마주치지 못하고 말도 안 되는 핑계를 댔다. 그리고 허둥지둥 그 자리를 벗어났다. 엉망인 꼴이 부끄러웠다. 내가 왜 이렇게 살고 있는 거지? 주현은 어둠 속을 달리는 버스 맨 뒷좌석에 앉아 조용히 울었다.

얼마 뒤 외삼촌과 외숙모가 집에 찾아왔다. 외삼촌은 집 안을 한 번 둘러보고 들고 온 사과 상자와 커다란 김치 통을 내려놓았다. 두 분이 김장김치를 주려고 왔다고 생각한 언니 미현은 신나서 재잘거렸다. 외삼촌 부부는 주현의 엄마가 돌아가시고 두 자매를 살뜰하게 챙겨 준 유일한 분들이다. 외숙모가 화원을 차려 바빠지기 시작한 최근 2년간은 왕래가 뜸했지만, 여전히 자매의 든든한 버팀목이었다. 외삼촌은 식당 앞에서 주현과 마주친 일에 대해선 한마디도 하지 않았다. 자매의 안부를 물었고, 마침내 정신을 차려 원양 어선을 타고 먼바다로 나간 아빠의 소식을 듣고 안도했다.

"화원 옆에 카페를 열려고 해."

외삼촌이 커피를 천천히 마시고 나서 찾아온 이유를 얘기했다.

"새로 지어요?"

미현이 물었다.

"아니, 화원을 좀 줄이고 옆에다. 충분히 공간이 나오더라. 크게 할 거 아니라."

"그래서 말인데. 주현이가 좀 도와줘. 커피, 차, 디저트 몇 가지만 파니까 어려운 일은 아니야. 너 카페에서 알바 한 적 있잖아."

외숙모가 외삼촌의 느릿느릿한 말투가 답답했는지 끼어들어 빠르게 본론을 말했다.

"요즘 손님도 없을 텐데 괜찮겠어요?"

미현이 걱정스레 물었다.

"어차피 화원에도 손님 없어. 커피 마시러 왔다 꽃 사고, 꽃 사러 왔다 커피 마시고…… 그런 걸 노리는 거지. 커피 기계랑 테이블, 의자 같은 거 아는 사람한테 거저 얻었어. 요즘 폐업하는 데 많잖아. 그래도 우리는 임대료는 안 나가니까. 그리고 까짓거 망해 봤자지. 안 팔리면 우리가 마시지. 한편에서 책도 좀 팔까? 원예에 관련된? 책은 유통 기한 있는 것도 아니니까."

외숙모는 꽤 낙관적이었다.

"어차피 열기로 했으니 다른 사람 쓰느니 주현이 취직할 때까지만 같이 일하자. 일단은 금, 토, 일 사흘만. 목요일 오후나 금요일 오전에 와서 우리 집에서 자고, 일요일에 카페 문 닫으면 외삼촌이 데려다주고. 어때?"

잘되던 카페도 접는 시기에 개업이라니. 말도 안 되는 일이었다. 주현은 외삼촌이 자기 때문에 일을 벌이는 것만 같았다. 거리에서 외삼촌을 만난 날, 그날의 자신을 떠올려 보았다. 낄낄거리고 큰 소리로 떠드는, 누가 봐도 눈살 찌푸리게 하는 무리 속에 있었다. 아주 불량한 장면이라는 건 말해 무엇하랴. 정말 한심했을 것이다.

"어때?"

외숙모가 고개를 살짝 틀어 주현의 얼굴을 살폈다. 주현이 대답이 없자 외숙모가 덧붙였다.

"화원 일도 좀 도와주고. 나도 곧 오십이잖니. 슬슬 힘에 부쳐. 좀 해 주라, 응?"

외숙모가 손을 뻗어 식탁 위에 올려놓은 주현의 손을 살며시 잡았다. 주현은 크게 고개를 끄덕거렸다. 입을 열어 대답을 하면 눈물이 나올 것 같았다. 두 분에게는 나약한 모습도 바보 같은 모습도 보여 주고 싶지 않았다.

"생각은 좀 해 봤어?"

자동차가 시내로 난 한적한 국도를 달릴 때 외삼촌이 물었다.

"아직……"

일요일 저녁, 카페에서 일을 끝내고 집으로 가는 길이었다. 얼마 전부터 주현은 월요일부터 목요일까지는 학원에 다니며 코딩을 배웠다. 목요일에 학원이 끝나면 버스를 타고 외삼촌 집으로 왔다. 카페에 와서 일을 하고 이곳에서 지내다 일요일 저녁이면 외삼촌 차를 타고 집에 간다. 매주 자동차 안에서 30여 분간 외삼촌과 꽤 많은 얘길 했다. 외삼촌은 주현이 대학에 갔으면 했다. 등록금 정도는 보태 줄 수 있다고 했다. 외삼촌은 근처에 있는 대기업 부설 연구소에서 일한다. 인생의 대부분을 공부하며 보냈기 때문에 공부와 관련 없는 삶은 상상이 잘 안 되는가 보았다. 대학에 가지 않은 미현과 주현 자매를 늘 염려했다. 외숙모가 화원을 열었을 때도 걱정이 태산이었다고 한다.

"등록금은 걱정하지 말라니까 그러네."

"삼촌이 왜요?"

"말했잖냐. 내가 네 엄마 도움 없었으면 공부 못 했을 거라고. 나도 그 빚을 갚아야 해. 내 마음의 짐을 내려놓으려고 그러는 거라니까."

귀가 아프도록 들은 이야기다. 찢어지게 가난한 집의 아들이 누나의 희생으로 대학과 대학원에 가서 어렵게 공부해 성공한 개인사. 그 누나는 동생이 박사 학위 따는 걸 보지 못하고 세상을 떠났다. 그러니 외삼촌은 조카들에게라도 뭔가 해 주고 싶은 것이다.

"미현이 때는 나도 여유가 없어서 도울 수 없었는데, 지금은 괜찮아."

괜찮긴. 2년 전 외숙모가 화원을 차리고 난 후 상황이 좋지 않아졌다는 걸 모르는 사람이 있을까? 화원이 적자라는 건 굳이 설명할 필요도 없을 것이다. 거기다 카페까지 열었으니, 괜찮지 않을 게 뻔했다. 1년 전이라면, 동수의 사고가 있기 전이라면 주현은 외삼촌 말에 기뻐했을 것이다. 주현은 정말 대학에 가고 싶으니까. 하지만 이제는 안다. 미래는 계획한 대로 착착 진행되지 않는다는 걸……. 평탄한 길을 걷다가도 느닷없이 돌부리에 걸려 넘어질 수 있다는 걸……. 느닷없이.

돌부리 정도면 다행이다. 동수는…… 동수는 낭떠러지를 만났다. 주현은 동수의 사고 소식을 듣고 울고, 방역 정책으로 면회도 할 수 없어 병원 앞에 서서 하염없이 울고, 한참 만에 휠체어를 타고 퇴원한 동수를 보고 또 울었다. 자신 안에 그렇게 눈물이 많이 들어 있다는 게 놀라웠다. 그렇게 오래도록 한 사람 때문에 울 수 있다는 게 믿어지지 않았다. 친구들에게 독종이니 쌈닭이니 하는 말을 듣는 자신이 말이다.

동수는 주현이 찾아가는 걸 싫어했다. 그래서 동수네 집 녹슨 대문 앞에 서서 또 울었다. 그나마 전화만은 받아 주었는데 그것도 하지 않았으면 하는 눈치였다. 주현이 제대로 생활이라는 걸 하게 된 건 최근이었다. 어느 날 동수가 전화해 공무원 시험을 준비하겠다고 말했다.

"장애인 특별 전형이 있나 봐. 장애인이 특별하긴 하지."

주현이 찾아갔을 때 동수는 자신답지 않게 냉소적인 농담을 했다. 그날 동수 얼굴에서 주현은 순간적으로 악의 같은 걸 보았다. 6년 전 주현이 훔친 색연필을 건네줄 때 보았던 소처럼 순한 표정은 더 이상 찾을 수 없었다.

  그날 주현은 집에 와서 책상 서랍 깊숙한 곳에 넣어 두었던 메이드 인 스위스 색연필을 꺼냈다. 비닐 포장도 뜯지 않은 채였다. 포장을 뜯고 틴 케이스를 열어 색연필 하나를 집었다. 보라색이었다. 종이에 '동수'라고 썼다. 'ㅜ' 자를 쓰려는데 심이 뚝 부러졌다. 흰 종이 위의 '동ㅅ'를 바라보면서 주현은 울음을 터트렸다.

  파쇄석 위로 자동차 바퀴가 지나가는 소리가 들렸다. 카페 창가 테이블에 앉아 있던 주현은 밖을 내다보았다. 화원 주차장에서 빨간색 자동차 한 대가 주차를 하고 있었다. 날씨가 따뜻해져서인지 사람들이 집 안에서 할 수 있는 식물 가꾸기에 눈을 돌렸는지 화원에 손님이 조금씩 늘고 있다. 그 덕에 카페 손님도 늘었다. 주현은 뒤뜰에 놓아둔 다육이 화분 몇 개를 안에 갖다 놓아야겠다고 생각하며 자리에서 일어났다. 나간 김에 화분 위치도 바꿔 주고 주변 정리도 했다. 그리고 들어왔더니 주현이 앉아 있던 테이블 앞에 누군가 서 있었다.

  조그만 강아지를 안고 있는 여자애였다. 여자애는 테이블 위를 골똘히 바라보고 있었다. 주현이 발소리를 크게 내며 다가갔다. 강아지가 기척을 알아채고 컹컹 짖었다. 여자애가 고개를 들어 주현을 보았다. 낯이 익었다. 두툼한 초록색 안경테와 부스스한 곱슬머리, 잊기 힘든 얼굴이었다. 얼마 전 포클레인이 있는 그 집에서 보았던 아이. 그 애는 주현이 그리고 있던 그림을 보고 있었다. 주현은 테이블 위에 흩어져 있는 색연필과 스케치북을 정리했다. 여자애가 한 발 뒤로 물러서 주현의 얼굴을 보더니 말했다.

"어? 우리 전에 봤지?"

주현은 대답 대신 고개를 까딱하고는 그림 도구들을 들고 카운터로 가 주문받을 준비를 했다.

"강아지, 내려놔도 괜찮아요. 바닥이 돌이라서."

상대가 어찌 말했든 주현은 말을 높였다. 딱 봐도 고등학생인 것 같고, 지난번에는 반말을 했지만 여기선 엄연한 손님이다.

"아, 네. 감사합니다."

여자아이가 뻘쭘해져서 말했다.

"주문하시겠어요?"

주현이 무표정한 얼굴로 물었다.

"이, 이따가…… 저기 화원에 삼촌이……."

여자애가 당황했는지 더듬으며 말했다.

화원 쪽을 보니 최윤경 선생님 동생이라는, 연극배우 아저씨가 외숙모와 이야기를 나누고 있었다. 최윤경 선생님은 중학교 때 주현의 국어 선생님이었다. 지금은 은퇴하고 근처 전원주택에 사는데 외숙모의 주요 고객이기도 하다. 주현이 이곳에 출근한 지 얼마 되지 않았을 때 외숙모를 따라 그 집에 다녀왔다. 선생님은 외국에 계시다고 했다. 대신 동생이 머무르고 있으니 집에 가서 꽃나무들 월동하는 데 문제없는지 살펴봐 달라고 전화가 온 것이다. 정원을 아기자기하게 가꿔 놓은 소박한 집이었다. 그때 연극배우라는 아저씨를 본 적 있다. 외숙모가 어떤 영화에 나온 걸 보았다고 알은척을 했다.

'그럼 이 애는 선생님 조카겠구나.'

주현은 여자애를 물끄러미 바라보았다. 여자애는 강아지를 바닥에 놓고 대화라도 하듯 눈을 맞추고 있었다. 둘이 닮은 것 같았다.

"누나가 전화해서 하도 잔소리를 해서요."

"알지요. 최 선생님 꼭 첫아기 키우는 젊은 엄마처럼 걱정이 많아요. 제가 가서 살펴봤다는데도 마음이 안 놓이시나 봐요. 워낙 정성을 많이 들여 가꾸셨으니까요."

외숙모와 연극배우가 카페 안으로 들어왔다.

"이 책 한번 보세요. 식물 가꾸기에 대해 아주 기본적인 설명이 잘 되어 있어요."

외숙모가 카페 한쪽에 진열된 책 한 권을 집어 그에게 건넸다. 카페를 열기 전 외숙모가 '상하지 않는 거니까 책도 팔까?'라고 했을 때 주현은 그냥 한 말인 줄 알았다. 그런데 카페 문을 열고 얼마 뒤 정말로 원예와 정원에 관련된 책을 주문해서 진열해 놓았다. 누가 시골구석에 있는 화원에 와서 이런 책을 살까 싶었다. 그런데 신기하게도 커피를 마시러 들어왔다가 혹은 홍콩고무나무나 몬스테라 같은 걸 사다가 책을 구매했다. 화원에 온 사람이 식물 가꾸기에 생초보인 것 같으면 외숙모가 슬쩍 서

가로 이끌었다. 그럼 십중팔구 화분과 함께 책을 한 권씩 카운터로 가지고 왔다. 이 사람도 그렇게 낚인 것 같았다.

외숙모는 특유의 친화력과 다정함으로 부드럽게 사람을 설득하는 재주가 있다. 미술 대학에서 조소를 전공했는데 졸업하자마자 결혼을 해서 전업주부로 20년 가까이 지냈다. 화원을 열면서 처음으로 직업을 갖게 된 것이다. 7년 전 외삼촌이 영국으로 파견 근무 나갔을 때 동행했던 외숙모는 그곳의 대학 부설 정원학교에 등록해 공부했다. 외삼촌이 한국에 돌아올 때도 외숙모는 혼자 남아 1년을 더 공부하고 식물원에서 인턴까지 하고 왔다. 그때 외숙모가 경영 공부를 했더라면 회사를 창업해 성공했을지도 모른다. 커피를 마시면 다육이 화분을 덤으로 주는 귀여운 발상도 어느 정도 먹힌 것 같다. 지금 외숙모의 추천에 책 두 권과 커피 두 잔 값을 계산하려는 이 연극배우만 하더라도 다육이에 낚여 자주 커피를 마시러 오는 걸 보면.

"삼촌, 난 커피 말고 유자차라고."

여자아이가 주현에게 신용 카드를 내미는 자기 삼촌에게 다가와 투정하듯 말했다.

"유자차도 다육이 주나요?"

연극배우가 살짝 비굴한 표정으로 물었다.

"네, 드릴게요."

주현이 웃음을 참으며 대답했다.

"오케이. 아메리카노 뜨거운 거랑 유차차."

"네, 음료는 자리로 가져다드릴게요."

"야, 넌 촌스럽게 유자차가 뭐냐?"

"유자차가 뭐가 촌스러워. 커피는 쓰기만 하잖아, 믹스커피면 몰라도."

두 사람은 자그락거리며 자리로 가 앉았다. 삼촌과 조카라기보다 친구 같았다.

주현이 머그 컵을 들고 두 사람이 앉아 있는 테이블로 갔다. 연극배우는 조금 전 구매한 책을 들여다보고 있었고, 여자아이는 강아지를 쓰다듬었다. 강아지를 바라보는 눈에 애정이 뚝뚝 흘러넘쳤다.

"강아지 찾았나 봐요?"

머그 컵을 테이블에 내려놓으면서 주현이 말했다.

"아, 네. 그런데 사실 우리 강아지 아니었어요. 이 동네 떠돌던 앤데 그날 구조한 거예요."

"그렇구나. 야, 너 참 순하구나. 여기 온 강아지들 막 돌아다니면서 오줌 싸는 애들도 있는데. 착하다."

주현이 쪼그리고 앉아 강아지와 눈을 맞추면서 말했다.

"강아지 이름이 뭐예요?"

"볼보요. 전에 우리 만났던 그 집 포클레인에서 살았던 것 같아요. 키우는 것 같진 않았고요. 포클레인에 볼보라고 써 있더라고요. 그래서 볼보예요."

그러고 보니 주현도 언젠가 카페 앞에서 엄청나게 엉킨 시커먼 털 뭉치가 굴러가는 것을 본 적 있다. 주현을 보고 꼬리를 흔들어서 먹을 거라도 주고 싶었는데 너무 더러워서 가까이 가기가 꺼려졌었다. 그게 이 강아지였을지 모른다. 그런데 볼보라니. 무슨 이름이 그래. 그 포클레인이 떠올라 기분이 좋지 않았다. 눈앞에 있는 강아지나 여자애가 포클레인 사고와 아무 상관은 없지만 동수를 떠올리지 않을 수 없었다. 주현은 강아지 이름을 한 번 불러 주려다 그냥 일어섰다. 마음이 차갑게 식어 버렸다.

카운터 쪽으로 가는 주현의 뒤통수에 대고 여자애가 말했다.
"그림 되게 잘 그렸어요. 아까 살짝 봤어요."
"아, 잘 그린 거 아니에요. 보고 똑같이 따라 그린 거예요."
주현이 대답을 하며 돌아보았다. 여자애의 표정에 호의가 깃든 관심이 드리워져 있었다. 안경 너머 눈에 설핏 장난기가 비쳤다. 아까 아는 척했을 때 주현이 차갑게 대하자 머쓱하던 표정은 다 사라졌다. 주현은 살짝 미소를 지어 보였다. 나 그렇게 나쁜 사람 아니라고 어필하듯이.

카운터로 돌아와 한쪽으로 치워 놓은 스케치북을 쳐다보았다. 그 안에 주현이 얼마 전부터 그리기 시작한 꽃 그림들이 있었다. 그림을 그리게 된 건 카페에 진열해 놓은 책 한 권을 보고 나서였다. 무료해서 손에 잡히는 대로 빼서 본 게 식물학자가 쓴 에세이였다. 그 속에 저자가 직접 그린 식물의 세밀화가 들어 있었다. 섬세하고 아름다운 그림들이었다. 그걸 보면서 주현은 날마다 진짜 꽃을 보면서도 아무런 감흥을 느끼지 못했다는 것을 깨달았다. 화원에 가서 세밀화로 본 식물의 실물을 찾아보았다. 외숙모의 화원과 정원에는 웬만한 꽃은 다 있었다. 식물학자가 그린 그림에 미처 담기지 못한 꽃의 분위기와 향기, 가녀린 움직임을 마주한 날, 주현은 마음속 가시 하나가 딸깍하고 제거되는 느낌을 받았다.

그 뒤 주현은 날마다 화원에 들어가 마음에 드는 꽃 앞에 쪼그리고 앉아 오래도록 바라보았다. 그러고 있으면 마음속에 가득한 가시들이 딸깍딸깍 떨어져 나갈까 싶었다. 어느 날엔 문득 그림을 그리고 싶어졌다. 그래서 그리기 시작했다. 6년 동안 서랍 속에 갇혀 있던 색연필을 꺼내서. 그림이라면, 주현에게 그리 생소하지는 않았다. 펜과 종이와 무료함, 이 삼박자가 갖추어졌을 때 주현이 자주 하는 놀이였다. 광고지 같은 인쇄물에서 동그라미를 보면 눈 코 입을 그려 넣고, 교과서나 참고서 여백에 만화 캐릭터를 그리곤 했으니까.

꽃을 그리면서 주현은 자신이 얼마나 꽃에 관심이 없었는지 알게 되었다. 태어나서 재작년까지 살던 집은 논과 밭으로 둘러싸인 동네에 있었다. 봄부터 가을까지 학교 가는 길에 늘 꽃을 볼 수 있었다. 엉겅퀴나 민들레, 애기똥풀, 개망초 등 시골 들판에서 흔하게 볼 수 있는 들꽃들. 하지만 한 번도 걸음을 멈추고 그것들을 들여다본 적이 없었다. 그저 잡초라고만 생각했다. 처음 화원에 왔을 때 외숙모가 손가락만 한 작은 꽃들을 보물 다루듯

하는 걸 보고 의아하게 생각했다. 늘 보던 꽃은 아니었지만 결코 싼 가격이 아니었다. 그래도 그걸 사가는 사람들이 있었다. 주현은 이해할 수 없었다.

"난 잡초랑 구분이 안 되는데 이 꽃들이 그렇게 비싸요?"

주현의 말에 외숙모가 웃으면서 말했다.

"잡초라는 식물은 없어. 네 눈에는 잡초처럼 보여도 누군가에게는 희귀하고 예뻐 보여서 마당에 데려다 놓고 싶을 수 있지. 꽃에 관심이 별로 없구나?"

"그런가 봐요. 여기 있는 꽃 보면 다 비슷하게 생긴 것 같은데 이름이 달라요. 외숙모는 어떻게 이 이름들을 알고 있어요?"

"관심이 있으니까. 한 번 보면 저절로 외워져."

"신기해요."

"난 도시에서 태어나서 죽 도시에서만 살았는데. 어릴 때부터 꽃이랑 식물이 좋더라. 내가 맨 처음 들에서 꺾어 온 꽃이 뭐였는지 아니? 개망초야."

개망초라면 주현도 너무나 잘 아는 꽃이다. 시골 밭에 흔하디흔한 식물이니까. 그거야말로 주현이 잡초라고 생각하는 거였다.

"막 학교 들어갔을 때니까 여덟 살이었을 거야. 여름 방학에 시골에 있는 고모 집에 놀러갔는데 집 주변이 하얀 꽃 천지인 거야. 어찌나 예쁜지. 그걸 한 아름 꺾어서 유리병에다 꽂아 책상 위에 올려 두었어. 근데 다음 날 보니까 꽃잎이 다 떨어져 책상 바닥이 하얀 거야. 고모가 그걸 보고는 지저분하게 그 망할 풀은 왜 뜯어 왔냐고 물었지. 그때 그 이름을 알게 되었어. 너 알아? 개망초 이름의 유래를?"

"아니요."

"밭에 심지도 않은 풀이 자꾸 번식해서 농작물들이 자라는 걸 방해하니까 농부들이 뽑아내면서 '개 같이 망할 풀'이라고 해서 개망초란다."

"꽃이 무슨 죄가 있다고……."

"그러게."

주현과 외숙모는 동시에 하하 웃었다. 그런 시간, 주현은 외숙모와 한가롭게 그런 이야기를 나누는 시간이 좋았다. 그때도 가시 하나가 딸깍 떨어지는 느낌이 들었다. 주현은 외숙모가 화원에서 혼자 일할 때 말소리를 들은 적이 많았다. 누가 왔나 해서 들여다보면 외숙모가 식물들에게 말을 걸고 있었다. 가지치기를 하거나 시든 이파리를 정리해 주면서 '꽃을 많이 피웠구나, 예쁘다.' '너는 목이 말랐니? 어째 비실비실하네.' '음악 좀 틀어 줄까? 뭐가 좋을까? 모차르트? 비발디? 비발디가 좋겠다. 오늘은 왈츠라도 추고 싶게 날씨가 좋구나.' 하는 식으로. 화원은 식물을 파는 가게라기보다 외숙모의 작은 정원이었다. 주현은 외숙모 같은 어른이 옆에 있다는 것이 얼마나 행운인지 알고 있다. 작고, 약하고, 자신처럼 보잘것없는 존재한테 관심을 기울여 주는 다정한 어른. 자신이 그런 사람이 되려면 아마 죽었다가 다시 태어나야 될 것이다.

주현은 자신의 스케치북에 이름을 붙였다. 종이 정원, The Paper Garden. 여기에 식물들을 그려 넣을 때면 자신이 조금은 순수하고 착한 인간이 되는 것 같았다. 주현은 자신이 착한 부류가 아니라는 걸 안다. 청소년기에는 물건도 훔치고 눈꼴사납다고 생각한 아이들에게 골탕을 먹이고, 욕을 하고……. 남들은 잘 모를 악행을 많이 저질렀다. 그러고 나면 자기 자신이 쓰레기같고 얼마나 한심하게 여겨졌는지 모른다.

외숙모와 화원 뒤쪽 숲으로 산책을 갔다가 작은 연보라색 꽃 무더기를 발견한 적이 있다. 외숙모가 노루귀라고 했다. 사진을 찍어서 그림을 그렸다. 꽃잎에 색칠을 하려고 보라색 색연필을 꺼냈다. 심이 부러져 있었다. 그때 문득 이런 생각이 들었다. 못된 짓을 하면 그에 대한 죄책감이 어떤 형태로든 나타나 삶에 끼어드나? 색연필을 훔치고 난 뒤 그 현장에 있던 동수를 알게 된 것처럼. 그리고 또 있다.

카페에서 일하게 되면서 그 남자, 포클레인 주인의 집이 가까이에 있다는 걸 알았다. 사실은 동수에게 들어서 이미 알고 있었다. 동수가 아저씨 집에 갔다 왔는데 어쩌고 하면서 제집 자랑하듯 했을 때, 우리 외숙모 화원도 그 근처라고 말한 적 있으니까. 하루는 카페 문을 닫은 뒤 그 집까지 가 보았다. 동수에게서 귀가 따갑게 들은 집이 어떤지 구경이나 해 볼까 싶었다. 그런데 마당에 있는 포클레인을 보는 순간 화가 치밀었다. 주현은 자신도 모르게 돌을 주워 포클레인을 향해 던졌다. 첫 번째 돌은 맥

없이 바퀴에 맞고 떨어졌다. 더 큰 돌을 집어 들어 힘껏 던졌다. 불길한 소리가 들렸다. 돌이 유리에 맞은 것이다. 유리에 금이 간 걸 보니 와락 겁이 났다. 한편으로 묘한 쾌감이 들기도 했다. 주현은 좀 더 커다란 돌을 주워 포클레인의 몸체를 향해 던지고 뒤도 돌아보지 않고 달렸다. 심장이 미친 듯이 뛰었다. 그 집에 두 번을 더 갔다. 세 번째 갔을 때 낯선 여자아이에게 들켰다.

여자애를 카페에서 다시 본 순간, 그 애가 주현을 알아보았을 때 이런 생각을 했다. 봐라, 세상에 비밀은 없단다. 그건 동수를 위한 복수가 아니라 그냥 못된 짓일 뿐이잖아. 내 화를 누군가에게 전가시키려는 것, 다른 이를 불편하게 하고 해를 끼치는 것. 그러고 보니 나는 잡초와 다를 바 없는 인간이네. 농부의 심기를 거슬리게 하는. 누군가 내 이름 앞에 '개' 자를 붙여도 할 말 없겠네. '개주현'이라고 불러도.

그리고 그 남자가 카페에 나타났다. 주현은 카페 문을 열고 들어서는 남자를 한눈에 알아보았다.

동수가 사고 난 날, 주현은 수업을 마치고 동수에게 전화를 걸었다. 전화를 받은 건 동수가 아니라 K병원 응급실 간호사였다. 전화를 끊고 나서 병원까지 어떻게 갔는지 기억이 나지 않는다. 도착했을 때 동수는 이미 수술실로 들어가 볼 수 없었다. 주현이 응급실 앞에서 울고 있을 때 말쑥하게 차려입은 한 남자가 나타났다. 그 사고 때문에 병원에 온 사람들은 모두 작업복을 입고 있었는데 그 남자만 슈트에 넥타이까지 하고 있어 눈에 띄었다.

　남자는 사고 현장에 있던 작업자들이 모여 있는 흡연 구역으로 가서 담배를 피웠다. 주현은 그가 회사 관계자일 거라고 생각했다. 화가 끓어올라 달려가 멱살을 잡고 싶었다. 그런데 남자의 표정이 주현만큼이나 침통해 보였다. 그가 포클레인 기사이고 동수가 입이 닳도록 말했던 건축가 아저씨라는 건 동수 할머니에게 들어서 알게 되었다. 알고 나서도 화가 가라앉지 않았다.

　그 남자는 넋이 나가 있는 할머니 앞에서 무릎을 꿇고 머리를 조아리고 울었다. 누가 봐도 본인 잘못임을 인정하는 태도였다. 아무도 그렇게 사과를 하지 않았다. 한참 뒤에야 나타난 동수네 회사 사장과 건설사 관계자도 인상만 쓰고 있을 뿐, 동수 할머니에게 무릎을 꿇고 잘못을 빌지 않았다.

　분노의 방향이 잘못되었다는 걸 알고 나서도 주현은 수정하지 않았다. 누군가를 원망해야 했는데 누구를, 무엇을 원망해야 할지 몰랐다. 보상금 지급을 둘러싸고 서로 책임을 떠넘기는 건설사도, 실습생에게 안전 수칙 교육을 제대로 시키지 않고 산재 보험도 들지 않은 동수네 회사도, 주현에겐 형체가 없는 대상이었다. 다만 보는 것만으로도 위협적인 포클레인과 누가 봐도 잘못을 저지른 장본인임을 인정하는 듯한 그 남자는 분명한 형체가 있었다. 주현은 자신이 정한 원망의 대상을 바꿀 생각이 없었다.

　남자는 카페 입구에 서서 안을 둘러보았다. 누군가를 찾는 듯했다. 카페 안에 손님은 없었다. 주현은 카운터에 앉아 스케치북을 펴서 끄적거리고 있다가 일어났다. 남자를 알아보자마자 심장이 내려앉았다. 순간적으로 든 생각은 '혹시 내가 포클레인을 훼손한 걸 알고 찾아왔나?'였다.

남자가 들어와서 아이스아메리카노를 주문했다. 샷을 추가해 달라고 했다. 깊은 울림이 있는 듣기 좋은 목소리였다.

주현이 긴장하며 커피를 만들어 테이블로 가자 그가 물었다.

"사장님 안 계시나 봐요?"

외숙모는 아침에 하다 만 집안일을 마저 하겠다고 집에 들어간 참이었다.

"잠깐 집에 들어가셨어요. 오시라고 할까요?"

주현이 카페 유리창 너머 보이는 화원 뒤쪽에 있는 목조 주택을 가리키며 말했다.

"아, 댁이 저기군요. 그래 줄래요?"

남자의 말투는 카페나 동네에서 흔히 보는 남자 어른들과는 달랐다. 처음 보는데도 대뜸 반말로 주문을 하거나 거드름을 피우며 말을 거는 아저씨들만 보다 보니 정상적인 이 남자가 특이하게 여겨졌다. 남자의 옷차림은 전에 봤을 때와 달랐다. 카고 바지에 아웃도어 점퍼, 공사 현장에서 일하는 사람들이 많이 신는 밀리터리 부츠를 신고 있었다.

외숙모가 나오길 기다리는 동안 주현은 창밖을 보며 커피를 마시는 남자를 관찰했다. 그가 외숙모를 왜 찾는지 궁금했다. 포클레인과 관련이 없기만을 바랐다.

외숙모가 뒷문을 통해 카페 안으로 들어오며 남자에게 말을 걸었다.

"아침에 전화하신 분이시구나."

"네, 제가 좀 일찍 왔습니다."

남자가 자리에서 일어나며 말했다.

"화원으로 가실까요? 나무를 보면서 설명해 드릴게요."

남자가 외숙모를 따라 화원으로 가자 주현은 안도했다. 화원에 볼일이 있어 왔구나. 두 사람이 화원으로 가고 얼마 안 있어 손님 한 팀이 들어왔다. 함께 낚시를 하러 온 사람들인지 유쾌하고 여유 있어 보였다. 카페 안이 금세 시끌벅적해졌다. 그 사람들을 응대하고 커피를 만들고 있는데 외숙모 혼자 카페 안으로 왔다. 바깥을 보니 남자가 주차장에서 자동차 쪽으로 걸어가고 있었다.

"아, 다육이."

주현은 남자에게 다육이 화분을 챙겨 주지 않았다는 걸 떠올렸다.

"뭐라고?"

외숙모가 주현의 말을 못 들었는지 물었다.

"아니에요. 근데 저 사람 누구예요?"

주현은 아무것도 모르는 듯 물었다.

"저기 저수지 건너편에 상자 같은 집 있지? 그 집 주인. 왜 포클레인 있는……."

외숙모가 주현의 표정을 살피며 말을 흐렸다.

"왜 왔대요?"

"울타리용 나무랑 잔디 가격 알아보더라. 조경할 데가 있나 봐. 건축가라더니 어디 일을 맡았나?"

외숙모는 커피를 한 잔 가지고 화원으로 갔다.

주현은 다육이 화분을 하나 들고 밖으로 나갔다. 남자의 차가 막 주차장을 빠져나가고 있었다. 주현은 운전석 쪽으로 달려가 차창을 두드렸다. 차가 멈추고 차창이 내려가더니 남자 얼굴이 나타났다.

"이거 가져가세요. 커피 마시면 주는 서비스예요."

주현이 다육이 화분을 내밀었다.

"아, 그래요. 고마워요."

남자가 화분을 받으면서 미소를 지었다. 양 눈가에 세 겹의 주름이 잡혔다. 다정한 얼굴이었다.

나의 포클레인

— 종훈 —

휴일 아침, 종훈은 잠에서 깨 더듬더듬 손을 뻗어 휴대폰을 보았다. 10시였다. 몸에 알람이 내장된 것처럼 월요일부터 금요일까지는 자동적으로 6시 30분에 눈이 떠지고 휴일이면 이 시간에 잠이 깬다. 침대에 누운 채 메일과 메시지를 체크하고 뉴스를 검색했다. 더는 중요한 메일 같은 건 오지 않았지만 오랜 습관이 쉽게 사라지지는 않았다. 펫캠은 간밤에 집 주위에 고라니 한 마리가 지나간 것 말고는 별 게 없었다고 알려 주었다. 가끔 보이던 검정 개조차 요즘엔 나타나지 않았다. 사료를 부어 놓은 지 일주일이 넘은 것 같은데 여전히 그대로 있다. 떠돌이 개마저 떠났다고 생각하니 좀 쓸쓸했다. 딱히 할 일은 없지만 잠을 더 잘 수 있을 것 같지 않았다. 배도 고파 슬슬 일어나야겠다고 생각했다. 으으으, 괴성을 지르며 몸을 뒤틀어 기지개를 켜고 침대를 빠져나왔다.

 혼자 산 뒤로 휴일이 오는 것도 달갑지 않았다. 밀린 빨래와 청소만 기다리고 있을 뿐이니. 이혼하면서 가족만 잃은 게 아니다. 휴일에 외출해서 영화를 보거나 전시회를 가고, 맛집을 찾아다니고, 다른 이의 집을 방문하거나 하루 코스의 짧은 여행을 하는. 그런 소소한 여가 생활까지 잃었다. 혼자라도 하려면야 할 수 있겠지만 무슨 재미가 있을까. 가족과 산다는 건 그런 것인가 보다. 함께 시간을 보내고 공통의 추억을 쌓아 나가는 것.
 환기를 위해 창문을 열었다. 저수지 수면 위로 물안개가 나직하게 피어 있었다. 며칠 사이에 집 주변의 나무들이 연두색으로 변했다. 이 집에서 처음 맞는 봄이다. 머지않아 잡초도 쑥쑥 자랄 것이다. 그는 조만간 예초기를 사러 가야겠다고 생각하며 식탁 위에 있는 생수병을 들어 꿀꺽꿀꺽 들이켰다. 혼자 산다는 건, 물을 컵에 따라 마시지 않고 병째 들이켜도 뭐라 할 사람이 없다는 것이다. 그리고 식사도 내킬 때 내키는 대로 해도 된다는 것.
 찬장에서 즉석 밥과 즉석 국을 꺼내 전자레인지에 데웠다. 얼렁뚱땅 늦은 아침 식사를 하고 인스턴트커피 한 봉을 뜨거운 물에 넣어 휘휘 저으며 마당으로 나갔다. 야외 테이블에 앉아 눈에 보이는 것들을 찬찬히 살폈다. 잔디를 관리할 자신이 없어 마당에 콩자갈을 깔았는데 사이사이 아기 손가락만 한 연두색 풀들이 삐죽 올라오고 있었다. 아직은 예쁘다만 그냥 두면 어떤 모양으로 얼마나 크게 자랄지 모를 일이다.

집은 설계하며 생각했던 대로 나왔다. 오랫동안 스위스 호숫가의 작은 집을 마음에 품고 있었다. 그 집과 모양은 좀 달랐지만 그럭저럭 만족스러웠다. 예산이 많지 않아 애초의 설계와 달라졌다. 땅이 살짝 경사져 있어 그 경사를 이용했다. 정육면체 상자 세 개를 이어 놓은 듯한 모양이 되었다. 첫 번째 상자에는 침실이, 두 번째 상자는 거실과 서재, 세 번째 상자가 주방과 세탁실이다. 설계할 때 주방과 세탁실이 가장 어려웠다. 집안일을 해 보지 않아서 감이 잡히지 않았다. 오래전 인턴으로 일했던 건축사 사무실의 소장님 생각을 많이 했다. 요리를 끝내주게 하는 분이셨다. 공모전을 앞두고 직원들이 밤새워 일할 때면 슬그머니 주방에 들어가 파스타나 부대찌개 혹은 국적도 이름도 모르는 희한한 음식을 만들어 주곤 했다. 그러면서 건축가는 기능적이고 편리한 집을 지으려면 요리에 집안일도 많이 해 봐야 한다고 했다. 주택에서 가장 중요한 공간이 주방이니 말이다.

"집은 그 안에서 살아가는 사람 모두가 행복하게 지낼 수 있게 지어야 해. 아름답기만 하고 편리하지 않은 건 최악이야."

소장님을 떠올리면 그곳에서 일할 때 귀가 닳도록 들은 말이 자동적으로 재생되는 것 같다.

지금도 가끔 그때 새벽에 사무실에서 먹던 음식이 떠오른다. 소장님은 잘 계시려나? 종훈이 그곳에서 일하면서 처음 설계에

참여한 건물이 멀티플렉스 영화관이었다. 건물은 그가 퇴사한 후에야 완공이 되었다. 그와 한나는 집에서 한 시간이 넘게 걸리는데도 일부러 그곳까지 가서 영화를 보곤 했다. 얼마 전 텔레비전에 나오신 소장님을 봤는데 너무 반가워 인사를 꾸벅할 뻔했다. 소장님이 그가 지은 첫 번째 집을 보고 어떤 평을 할지 궁금했다.

그는 최대한 객관적인 시선으로 자신의 집을 찬찬히 살폈다. 밝은 빛 아래서 보니 지붕에서 내려오는 배수통 이음새가 살짝 벌어져 있었다. 큰 비가 내리기 전에 보수를 해야 할 것 같았다. 부엌 쪽 출입문도 손잡이에 문제가 있어 손봐야겠고, 보기엔 멀쩡하지만 그만 아는 하자가 몇 군데 있었다. 휴일 내내 그 일이나 해야겠다고 생각하는데 도로 쪽에서 소리가 들렸다.

올리브색 소형 SUV 한 대가 집 근처에 섰다. 가끔 근처를 지나가다 집이 특이하다며 구경해도 되냐고 차를 세우고 묻는 사람들이 있었다. 그런 건 줄 알았다. 그런데 차가 마당으로 들어와서 그의 차 뒤에 주차를 하는 것이었다. 문이 열리더니 차에서 한나를 닮은 여자, 아니 한나가 내렸다.

"집을 지었으면 초대를 해야 할 거 아냐. 언제 초대하나 목 빠지게 기다리다가 그냥 와 버렸잖아."

한나 목소리였다. 그는 한나가 마당으로 걸어 들어오는 걸 멍하니 바라보았다. 환영인가 싶었다.

"차, 저기다 세우면 돼?"

"어? 어."

"여기가 남쪽이라는 걸 잊고 너무 껴입고 왔나 봐. 서울은 아직 꽃샘추위로 싸늘한데 이 동네는 꽃이 지천이네."

한나가 목에 두른 도톰한 스카프를 풀고 모직 재킷의 지퍼를 내렸다. 스카프를 돌돌 말아 테이블 위에 놓고 장승처럼 서 있는 그를 지나쳐 집 쪽으로 걸어갔다.

"오! 멋진데?"

한나는 마치 2박 3일 출장을 마치고 집에 돌아온 사람처럼 행동했다. 마지막으로 만나고 2년이라는 시간이 흘렀는데 말이다. 잠깐 집을 비운 사이 얼마나 어지럽혔나 체크하듯 둘러보았다. 그러다가 포클레인을 발견하고 그를 쳐다보았다.

"뭐야, 저거? 설마 집을 직접 다 지은 거야?"

"다는 아니고. 남의 손도 빌렸지. 어떻게 집을 혼자 다 지어."

한나가 팔짱을 끼고 숙제 검사하는 선생님 같은 눈초리로 집을 스캔했다.

이혼 절차가 다 끝난 뒤에 한나의 얼굴을 처음 보는 거다. 그간의 안부야 통화하면서 나눴다지만, 오랜만에 만났음에도 얼렁뚱땅 인사를 생략해 버렸다. 어색한 순간을 겪지 않아도 되어서 다행이었다.

"안에도 봐야지. 들어가도 되지?"

한나가 현관문 앞에 서서 물었다.

"아, 아니 아니. 잠깐만."

종훈은 한나에게 집 안 꼴을 들키는 게 어쩐지 부끄러웠다. 10년을 같이 살았으니 한나가 자신의 게으름과 무신경함을 알 만큼 알고 있을 테지만 그랬다. 부리나케 안으로 들어가 게으름의 끝을 보여 주는 현장을 수습했다. 땀을 뻘뻘 흘리며 치웠지만 냄새마저 숨길 수는 없었다. 창문이란 창문은 다 열었지만 한나가 집 안에 들어왔을 때 살짝 찡그리는 걸 보고야 말았다. 그럼에도 한나는 공간 디자이너로서의 본능을 숨기지 못했다.

"인테리어도 자기가 한 거야?"

"응."

"음…… 바닥 타일이 어두운색이니 벽은 연한 그레이로 가는 게 나을 뻔했어."

"밖에서 보는 것보다 층고가 높다."

"아, 창은 잘 빠졌네. 경치 죽인다."

"식탁 조명은 어디 거야? 요즘 국산도 잘 나오던데."

한나는 집 안 구석구석을 살피며 논평했다. 인테리어에 높은 점수를 줄 정도는 아닌가 보았다.

"내가 이런 쪽은 안목이 없잖아."

"나한테 연락하지 그랬어. 공짜로 해 주었을 텐데."

연락을 해 볼까, 고민하기도 했다. 전화번호를 몇 번이나 누를 뻔했지만 결국 하지 못했다. 한나에게 묻고 싶었다. 너라면 네가 이런 상황이었다면 도와 달라고 내게 연락할 수 있었을까? 한나라면 그랬을 것이다. 지금 이 상황만 해도 종훈이라면 이렇게 찾아오지 못했을 것이다. 언제나 한나가 더 대범하고 용감하고 뒤끝이 없었다. 다투고 나서 분위기가 싸해졌을 때도 먼저 말을 걸고 화해를 청했다.

"그럴 걸 그랬네."

"나 뭐 좀 줘. 커피라도."

한나가 식탁 의자를 빼서 앉으며 말했다.

"아침 일찍 출발하느라 커피도 못 마셨어."

"아, 맞다. 커피는 인스턴트밖에 없는데……."

그가 허둥대자 한나가 그럴 줄 알았다는 듯 웃었다.

"내 차 트렁크에 쇼핑백 두 개 있어. 가지고 와. 내가 남의 집 오면서 빈손으로 올 사람은 아니지."

한나에게서 차 키를 받아 밖으로 나가면서 그는 한나가 말한 문장을 머릿속에 떠올렸다. '남의 집'이라는 말이 고딕체로 불거졌다. 틀린 말은 아닌데 어쩐지 서운했다.

쇼핑백에서는 캡슐 전용 커피 머신과 그들이 자주 가던 집 근처 도넛 가게의 도넛과 초밥, 과일 등 먹을거리가 나왔다.

"오다 보니까 여기 생각보다 더 시골이더라. 난 자기가 슈퍼도 없는 이런 곳에서도 살 수 있는 사람이란 걸 몰랐어."

"나도 몰랐어. 그런데 생각보다 살 만해."

"예전에 왔을 때보다 근처에 집이 많이 생긴 것 같아. 식당이랑 카페도 꽤 있던데."

"응. 그런데 요즘엔 문 닫은 데가 많아. 아무래도……."

"그렇겠네."

그는 한나와 대화를 하면서 상자에서 커피 머신을 꺼내 설치했다. 전에도 전자 제품을 사면 개봉해 설치하는 일은 늘 자기가 했음에도 처음인 것처럼 허둥거렸다.

한나는 차분하게 사 가지고 온 음식의 포장을 풀었다.

"일은? 할 만해?"

"응, 괜찮아. 나 체력 하나는 끝내주잖아. 그날 하루 주어진 일만 딱 하면 되니까 마음도 편해. 스트레스도 없고. 여기 사니까 돈 쓸 일도 별로 없어. 넌 어때?"

"음……. 나는 저번에 통화했을 때 얘기 안 했는데…… 회사 그만뒀어. 좀 됐어."

종훈이 커피 머신을 콘센트에 연결하려다 놀라서 선을 떨어뜨렸다.

"놀랄 거 없어. 나 회사 차렸어."

"회사?"

"응, 내가 하고 싶었던 일."

"드디어 했구나."

"드디어 했어."

한나는 처음 만났을 때부터 언젠가는 독립해서 주방 인테리어만 전문으로 하는 디자인 회사를 차리고 싶다고 했다.

"한주랑 같이 해."

"처제랑?"

"한주 애들 둘 다 초등학교 들어갔잖아. 애들은 엄마가 돌봐 주기로 했어. 어쩌다 보니 집안 여자들이 똘똘 뭉치게 됐네."

한나가 웃으면서 말했다.

"그런데…… 요즘 상황도 안 좋았을 텐데."

"말도 마. 처음엔 얼마나 아찔했는데. 사무실 구하고 사업자 신고 내고, 일 시작하자마자 전염병이 걷잡을 수 없이 번졌어. 망했구나 싶었지. 그런데 좀 지나니까 의뢰가 엄청나게 많이 들어오는 거야. 다들 재택근무하고 집콕 하느라 자기 집을 쾌적하게 만들고 싶었던 거지. 식당 가는 것도 어려우니 집에서 요리하고, 한주가 홍보를 잘하기도 했고. 암튼 굉장히 바빴어."

그러고 보니 좀 야윈 것 같고 헤어스타일도 달라졌다. 깔끔한 쇼트커트나 단발을 고수했는데 머리를 길러 질끈 묶고 있었다. 미용실에 갈 시간도 못 낼 만큼 바빴던가 보다. 화장하지 않고 꾸미지도 않았지만 좀 더 단단해진 것도 같았다.

"다행이다. 그리고 장하다, 정말."

"너도 장해. 이렇게 근사한 집을 혼자 짓고. 솔직히 너 술독에 빠져 지낼 줄 알았어. 그래서 도준 선배에게 가끔씩 연락해 본 거야. 걱정돼서. 너 그때도……."

한나가 무슨 얘길 하는지 알 것 같았다. 회사에서 사고가 난 후 한동안 매일 술을 마시고 정신을 잃은 채 동료들에게 업혀 집에 왔던 때가 있었다. 주정을 하며 한나를 괴롭히기도 했다.

"야, 그때 얘기하지 마. 창피해. 내가 못났었지."

그는 민망해서 초밥 하나를 집어 입에 넣었다. 연어 살이 씹을 필요도 없을 정도로 부드러웠다.

"맛있다. 너도 얼른 먹어 봐."

한나와 마주 앉아 맛있는 음식을 먹으며 소소한 일상의 이야기를 나누는 이 시간이 너무 달콤했다. 길다면 긴 시간 동안 보지 않았는데도 전혀 어색하지 않았다. 창으로 햇빛이 들어와서인지 한나가 있어서인지 집 안이 평소보다 밝고 따스하게 느껴졌다. 전과 달라진 점이라면 한나가 앉아 있고 종훈이 왔다 갔다 하면서 접시와 컵을 꺼내며 호스트 역할을 하는 것이다.

"그럼 회사는 승승장구하고 있는 거지?"

종훈은 말을 돌렸다.

"승승장구까지는 아니지만 그런대로 잘 굴러가고 있어. 직원들도 처음보다 늘었고. 그래서 말인데……. 사실 너 스카우트하려고 왔어. 설계 팀장으로."

"뭐?"

"지금까지는 주방 인테리어만 했는데 실내 인테리어 전부 하려고. 주방 공사 의뢰한 고객들이 맘에 들었는지 욕실이나 다른 데도 요청하고……."

"너무 위험한 거 아냐? 회사 확장하는 것도 그렇고, 나를 채용하는 것도 그렇고."

농담처럼 웃으며 말했지만 완전히 농담은 아니었다.

"그래서. 나 일하는 스타일도 알고, 너무 나가면 그만하라고 말릴 사람이 필요해서……. 네가 적격이잖아. 다른 회사 갈 계획 있으면 몰라도."

한나가 떠보듯이 말했다.

"그건 아닌데……."

"그럼 한번 생각해 봐."

한나가 핸드백을 뒤적거리더니 명함을 꺼내 건넸다.

"명함 구경이나 하라고."

"한나 키친 대표 류한나라. 멋진데……."

"그런데 당장은 월급 많이 못 줘. 회사가 안정되면."

"그거 완전히 양아치 사장의 멘트인데."

"응. 내가 갑과 을 두 입장을 오가다 보니 저절로 그렇게 되네. 지금 당장 대답하지 않아도 돼. 그런데 너무 늦어도 안 돼. 일주일 줄게."

한나의 눈이 어느 때보다 진지했다. 종훈은 그 눈빛에 잠깐 구름 그림자처럼 스쳐 지나가는 무언가를 보았다.

"혹시 그 제안 내가 걱정돼서 하는 건 아니지? 보다시피 나 여기서 꽤 잘 지내고 있는데……."

"걱정? 하…… 나 그렇게 의리 있는 사람 아니야. 인정 많지도 않고. 전남편 찬스 써서 실력 있는 설계사 싼값으로 부려 먹겠다는 속셈은 있지만. 너무 얌체 같은가?"

한나가 이렇게 말하며 웃었는데 그녀답지 않은 허술한 표정이었다.

한나를 배웅하고 마당으로 들어오니 테이블에 스카프가 있었다. 올리브색 SUV는 이미 저수지 건너편 길을 달리는 중이었다. 그는 한나의 스카프를 손에 들고 한동안 마당에 앉아 있었다. 서쪽 산으로 해가 서서히 기울었다. 곧 노을이 질 것이다. 노을빛은 날마다 똑같지 않다. 어떤 날은 진홍빛이 강하고 보랏빛이 많이 섞인 날도 있다. 모양도 다르다. 그가 태어난 이후 늘 그랬을 테지만, 그 차이를 인지한 건 최근이다. 이곳에서 지내는 건 혼자라는 점 빼곤 만족스러웠다. 그것도 조금씩 익숙해지는 중이다. 그에게는 노을 지는 하늘과 시간과 함께 변해 가는 나뭇잎의 색을 느낄 수 있는 여유가 생겼다.

한나는 예상치 못하게 나타나 그를 마구 흔들어 놓았다. 그녀가 남기고 간 건 스카프만이 아니었다. 집 안으로 들어가니 한나의 체취와 목소리의 여운을 느낄 수 있었다. 서쪽으로 난 주방 창으로 저녁 햇빛이 쏟아져 들어왔다. 그는 해 질 녘의 빛이 마음에 들지 않았다. 그 빛은 따스하고 밝은 느낌보다는 날카로움이 강해 햇빛에 찔리는 기분이었다. 해가 이 세상에서 물러가기 전, 온 힘을 다해 빛을 쏘는 것 같았다. 종훈은 조금만 기다리면 노을을 볼 수 있겠지만 블라인드를 치러 주방으로 갔다. 창 너머로 저녁 햇살에 무방비로 노출되어 있는 포클레인이 보였다. 여기저기 긁히고 파여 다친 동물이 고통을 참으며 웅크리고 있는 것 같았다. 포클레인의 금 간 유리창에 반사된 빛이 눈을 찔렀다. 그는 얼굴을 찌푸리며 블라인드를 내렸다.

그날 밤 한나에게서 메시지가 왔다.

— 나 당신에게 진심으로 부탁하러 간 거야. 용기가 필요했어. 당신 말대로 일을 더 크게 벌이는 게 위험한 거 아닌가, 싶기도 해. 그래도 해 보고 싶어. 당신이 가까이에 있으면 덜 무서울 것 같아.

그는 메시지를 읽고는 휴대폰 화면을 손가락으로 가만히 쓰다듬었다.

잠자리에 누워 생각에 잠겼다. 한나의 제안을 받아들인다 해도 이곳을 떠날 수는 없을 것 같았다. 가장 마음에 걸리는 것은…… 포클레인이다. 그걸 샀을 때 자신이 얼마나 희망에 부풀어 있었는가. 며칠 밤낮을 중고 중기계 사이트를 검색하고 직접 가서 눈으로 확인했다. 집을 설계하고 포클레인과 공구들을 구입하기 위해 몰두하는 동안 그를 괴롭히는 생각과 기억을 잠재울 수 있었다. 포클레인 안에 있으면 홀로 있다는 느낌이 들지 않았다. 그렇게 자신을 위로해 주었던 물건이 지금 뒷마당에 상처 입은 채 방치되어 있다.

쉽사리 잠이 오지 않았다. 눈을 감아도 낡아 가는 포클레인의 잔상이 남아 있었다. 포클레인이 방 안에 들어와 침대 옆에 서서 그를 내려다보고 있는 것 같았다. 할 말이 있는 듯, 뭔가 부탁할 게 있다는 듯.

다음 날 아침, 그는 일어나자마자 한나에게 전화를 했다.

"생각해 봤어. 할게. 근데 조건이 두 가지 있어. 첫째, 나 서울 가면 있을 곳이 없어. 집 구할 때까지 숙소 제공해 줘야 해."
"오케이. 서재에서 지내. 어차피 거기 다 자기 책만 있어."
"버리라니까, 안 버렸어?"
"그럴 시간이 없었어. 그리고 또 하나는 뭔데?"
"그건 만나서 얘기할게. 지금 서울 가려고."

누군가의 짐은
되고 싶지 않아

―――――(동수)―――――

끼익끼익, 덜컹, 두런두런. 매일 듣는 익숙한 소리에 다른 게 섞여 있었다. 동수는 얼굴을 덮은 책을 치우고 눈을 떴다. 손바닥만 한 창으로 쏟아져 들어오는 햇빛 속을 먼지들이 신나게 날아다니고 있었다.

"그동안 잘 지내셨어요?"

저음에 울림이 큰 익숙한 목소리.

"동수는요?"

"방 안에. 꼼짝 안 해."

그리고 이어지는 대화는 잘 들리지 않았다. 할머니가 소곤소곤 말하고 있을 것이다. 잠시 후 방문을 노크하는 소리가 들렸다.

"동수야, 포클레인 씨가 왔는데. 자니?"

할머니가 문을 배꼼 열어 얼굴만 들이민 채 물었다. 동수는 꼼지락꼼지락 침대에서 일어났다.

"도와줘?"

"아니요. 나갈게요."

이제는 어느 정도 익숙해져 혼자서도 거뜬하게 휠체어에 타고 내릴 수 있었다. 계속 누워 있어 눌리고 뻗친 머리카락을 손으로 대충 정리했다. 문턱에서 한 번 덜컹, 마루로 향하다 부엌 벽에 탁. 좁디좁은 집 안에 방해물이 많기도 했다.

"어이, 잘 지냈냐?"

마루로 나가니 종훈 아저씨가 한 손을 들어 올리며 말했다. 대답 대신 멋쩍게 미소를 지어 보였다. 빈말이어도 잘 지냈다고 말할 수는 없었다. 작업장이 아닌 데서 봐서인지 오랜만이어서인지 아저씨 분위기가 조금 달라졌다. 면도를 자주 하지 않아 늘 후추 뿌린 것 같던 입 주변과 턱이 깔끔했다. 덥수룩했던 머리도 단정하게 잘랐다. 옷도 칙칙한 작업복이 아닌 하늘색 데님 셔츠에 청바지를 입어 분위기가 산뜻했다.

"근데 뭐 좋은 일 있나? 얼굴이 좋아 보이네."

부엌에서 할머니 목소리가 들렸다.

"아, 그렇습니까?"

"김치 통은 안 가져와도 되는데……. 다시 채워 줄게 가지고 가. 마침 엊그제 총각김치 담았는데 익으면 맛있을 거야."

"와, 맛있겠네요. 근데 저 집을 좀 비울 거라서 괜찮습니다."

"엉? 어디 가?"

"네, 서울에 일이 좀 생겨서요."

"그래? 좋은 일이지?"

할머니가 커피랑 과일이 든 쟁반을 들고 나타났다. 마루 한가운데 있는 상 위에 쟁반을 올려놓고는 끙 소리를 내며 바닥에 털썩 앉았다. 요즘 할머니는 앉거나 일어날 때마다 저런 소리를 낸다. 할머니 곁에 가면 언제나 파스 냄새가 났다. 일흔이 다 된 나이에 하루 종일 공장에 서서 일하니 다리나 허리가 멀쩡할 리 없을 것이다. 동수는 할머니가 더는 자신을 지켜 줄 만큼 강하지 않다는 것을 알았다.

사고가 난 후 회사 관계자가 병원에 찾아와서 치료비와 쥐꼬리만 한 위로금을 제시했다. 실습생인 동수에게는 그것도 감지덕지한 거라는 듯 말했다. 그때 할머니는 제정신이 아니었다. 할머니가 우는 모습을 처음 보았다. 동수가 이 세상에서 의지할 수 있는 유일한 사람인데……. 할머니에게도 동수가 그런 존재라는 것을 할머니가 무너지는 것을 보고 깨달았다. 이제껏 동수에게 할머니는 한없이 크고 강인한 사람이었다. 하지만 동수가 쑥쑥 자라는 동안 할머니는 점점 늙어 약해지고 있었다.

동수가 할머니를 처음 본 건 열한 살 때였다. 반지하방의 문을 벌컥 열고 나타난 사람은 게임에 나오는 여전사 같았다.

"네가 동수냐?"

덩치가 큰 아줌마가 동수를 내려다보며 말했다. 한참 동안 혼자 방치되어 있던 좁은 단칸방에 목소리가 쩌렁쩌렁 울렸다. 동수는 너무 무서워서 입이 떨어지지 않았다. 눈을 동그랗게 뜨고 그저 고개만 끄덕끄덕했다.

"아빠 언제부터 안 들어왔니?"

그건 동수도 정확히 알 수 없었다. 어느 날 자고 일어나니 아빠가 없었다. 놀라지 않았다. 종종 있는 일이었다. 그날은 방학이라 학교에 가지 않아도 되었다. 아빠가 없으니 마음껏 텔레비전을 보고 게임을 했다. 배가 고파서 식탁에 있는 돈으로 과자랑 컵라면을 사 먹고 졸리면 잤다. 몇 날 며칠이 지나도 아빠가 오지 않았다. 그렇게 오래도록 집에 안 온 건 처음이었다. 배가 고픈데 돈을 다 써 버려 집 안을 뒤져 생라면과 유통 기한 지난 참치 캔 하나를 먹은 것도 한참 전이었다.

아줌마는 쓰레기가 사방에 널려 있는 방 안을 둘러보더니 눈을 감고 작게 한숨을 쉬었다. 그러고는 동수 얼굴을 지그시 바라보더니 말했다.

"내가 네 할머니야."

아줌마 목소리가 부드러워져서 동수는 조금 마음이 놓였다.

"미안하구나. 좀 더 일찍 왔어야 하는데."

아줌마가 아니 할머니가 동수 손을 잡고 오래오래 쓰다듬었다. 손이 크고 거칠거칠했지만 따뜻했다.

"몇 살이니?"

"열한 살이요."

"벌써 10년이 넘었구나."

할머니는 한숨을 푹 내쉬었다. 한참 동안 동수 얼굴과 머리를 어루만졌다. 그러다 벌떡 일어나 동수 손을 잡고 반지하방을 나섰다. 집 밖에 나오자 쏟아지는 햇볕 때문에 어지러웠다. 할머니 손에 이끌려 걸어가는데 다리가 막 꺾였다. 할머니는 식당에 가서 돈가스를 사 주고 슈퍼에 들러 식료품을 한 보따리 구매했다. 그리고 동수를 미용실로 데려갔다.

동수는 환하고 선명한 미용실 거울로 자신의 모습을 보고 깜짝 놀랐다. 거울 안에 눈 뜨고 볼 수 없을 만큼 더럽고 불쌍해 보이는 아이가 있었다. 눈과 귀와 목이 머리카락으로 덮였고, 얼굴은 사라지기 일보 직전이었다. 집 화장실 형광등이 나가 거울을 본 지가 언제인지 모른다. 저게 나라고? 믿어지지 않았다. 벌써 오래전의 일이었다.

할머니가 사과를 깎아 놓기 무섭게 아저씨가 집어서 우적우적 먹었다. 그 모습이 모자지간처럼 자연스러워 보였다.

사고가 났던 당시에 회사 관계자들이 돌아가고 할머니가 어찌할 바를 모를 때 아저씨가 병원에 왔다. 아저씨는 노동 위원회와 변호사 친구에게 전화를 걸고 이것저것 알아보았다. 그런 뒤 동수가 최대한의 보상금을 받을 수 있게 처리해 주었다. 억울함이 사라질 만큼은 아니었지만, 아저씨가 아니었으면 그마저도 받지 못했을 것이다. 보상금도 보상금이지만 할머니와 동수가 서럽고 막막하고 불행한 순간에 곁에 있어 준 유일한 사람이다. 그때 할머니가 들릴 듯 말 듯 포클레인 씨가 네 아비보다 낫다고, 몇 번이나 말했다. 못 들은 척했지만 동수도 그렇게 생각했다. 아저씨는 동수가 퇴원한 뒤로도 때때로 집에 찾아와서 홍삼 음료나 영양제, 고기, 과일 같은 것들을 놓고 갔다. 심심할 때 읽으라며 책도 두고 갔다. 하지만 동수는 그 책들을 펼쳐 보지 않았다. 절망하느라 심심할 겨를도, 책 같은 거 읽을 시간도 없었다.

우적우적 사과를 먹던 아저씨가 옆에 둔 커다란 종이 가방에서 뭔가를 꺼냈다.

"이것 좀 보시겠어요?"

하얀 종이로 만든 집 모형이었다. 동수도 수업 시간에 만들어 본 적이 있다.

"이 집 모형이에요. 동수는 뭔지 알지?"

"네."

"동수가 집 안에서 휠체어 타고 다니기에 불편할 것 같아서 제가 집을 고쳐 보려는데……. 괜찮을까요? 집 안도 그렇고 지붕도 내려앉은 곳이 있어서 좀 위험해 보여요."

아저씨가 손으로 집 모형을 짚어 가며 설명했다. 그리고 할머니와 동수를 번갈아 보며 반응을 기다렸다. 동수는 뭐라 말해야 할지 몰랐다. 예상도 못 한 제안이었다. 할머니 얼굴을 보니 아직 상황을 파악 못 해 어리둥절하고 있었다.

"시청에 가서 알아보니까 장애인을 위한 주택 개조 지원금이 있더라고요. 많은 금액은 아닌데 그걸로 자재는 충분히 구입할 수 있을 것 같아요. 공사는 제가 할 거라 인건비는 들지 않고요."

"포클레인 씨가 직접 해 준다고?"

"네."

"아이고……."

할머니는 말을 잇지 못했다.

"아저씨가 왜요?"

동수는 적절치 않은 리액션이라는 걸 알았지만 다른 말이 떠오르지 않았다.

"왜? 글쎄…… 친하니까?"

아저씨가 무표정한 얼굴로 말했다.

동수는 가슴에서 느껴지는 먹먹하고 찌르르한 이상한 것의 정체가 뭘까 생각했다. 그것은 분명 고마움이고 감동이었다. 하지만 입에서 튀어나온 말은 마음과 달랐다.

"아저씨 잘못 아니잖아요."

"뭐가?"

동수가 말없이 다리를 내려다보았다.

"내 잘못이라고 말한 적 없는데……."

"말은 안 했어도 그렇게 생각하고 있잖아요."

동수는 삐딱하게 말했다. 누군가에게 응석을 부리고 싶었다.

"내가 부탁한 적도 없는데 왜 그런 걸 해 준다는 거예요? 그냥 아저씨 잘못도 좀 있는 것 같아서 그러는 거잖아요. 그래서 그 미안함이 어깨를 짓누르는 거잖아요. 나는요, 누군가 나를 어깨에 놓인 짐으로 여긴다고 생각하면 빡쳐요. 내가 왜……."

여태껏 잠자코 있던 할머니가 동수 말을 끊고 박력 있는 목소리로 외쳤다.

"그럽시다."

할머니가 손뼉을 한 번 짝 치더니 큰 소리로 말했다.

"좋아. 포클레인 씨가 해 준다니 내 기꺼이 호의를 받아들일게. 동수 휠체어 움직일 때마다 여기저기 부딪히고 바닥도 걸리는 데 많고 해서 마음이 안 좋았어. 병원에 한 번 가려고 해도 매번 택시 기사한테 도와 달라 하고……. 마음 같아서는 내가 불끈 들어서 옮기고 싶은데 솔직히 나도 늙어서 기운이 없어. 예전엔 내가 힘 좀 썼는데 말이야. 없어진 다리가 다시 자랄 것도 아니니까, 앞으로 잘 살아갈 일을 생각해야지. 해 주소. 그런데 포클레인 씨도 공짜로 해 줄 생각은 말아. 나도 염치가 있는 사람이니까. 포클레인 씨한테는 내 일일이 말은 안 했지만 고마운 일이 차고 넘쳐. 정식으로 계약서 쓰고 합시다."

"그건 좀 곤란한데요. 계산이 좀 복잡해져서요. 설계랑 감독은 제가 할 게 아니라서요."

"엥?"

"설계는 동수가 할 거예요. 동수랑 어르신이 살 집이잖아요. 망가진 곳이랑 불편한 곳 고치거나 변경하고, 필요한 공간은 추가로 지을 수도 있을 거예요. 잘 생각하고 의논해 보세요. 동수도 학교에서 배워서 할 수 있어요."

동수와 할머니는 무슨 소린가 싶어 서로 얼굴을 마주 보았다.

"저는 며칠 후에 서울 올라가요. 서울에 일자리를 구했어요. 앞으로는 주말에만 여기서 지낼 거예요. 여기 이거 지원금 신청 서류니까 작성하고 필요한 서류 준비해서 내일 저랑 같이 시청에 가서 접수해요. 그리고 저는 동수가 설계를 다 끝내면 다시 올게요. 동수는 중간중간 메일로 보내 주면 내가 봐줄게."

"아저씨, 제가 어떻게?"

동수는 아저씨 말이 충분히 이해되지 않았다. 좀 전에 삐딱한 표정으로 나불거린 게 부끄럽기도 했다.

"너 건축가 되고 싶다며? 새로 집을 짓는 것도 아니고 자기가 살 집 좀 편리하게 고치는 건데 뭐. 그 정도는 건축가가 아니어도 할 수 있어. 한번 해 봐. 도와줄 테니까. 내가 관공서 가서 이 집 증축과 개축이 어디까지 가능한지 알아볼 테니까 필요한 공간이 있나 잘 생각해서 반영해 봐. 이 모형은 50분의 1축적이야."

종훈 아저씨는 보조금 지원서 서류와 지붕 한쪽이 찌그러져 너무나 리얼한 집 모형을 두고 돌아갔다. 동수는 접시에 있는 아저씨가 남긴 사과 한 쪽을 집어 입에 넣었다. 사과 조각이 목에 걸려 캑캑거렸더니 눈물이 나왔다. 사과 때문이라기엔 너무 오랫동안 눈물이 멈추지 않았다. 할머니가 볼까 주먹으로 자꾸자꾸 눈물을 훔쳤다.

동수는 밤늦게까지 책상 앞에 앉아 있었다. 책상에 모형을 올려놓고 하염없이 바라보았다. 언제 와서 집을 측정했는지, 크기만 작았지 똑같았다.

공사 현장에서 아저씨를 알게 돼서 얼마나 기뻤는지 모른다. 동수 주변에는 남자 어른이 없다. 몇 년째 소식이 끊겨 죽었는지 살았는지 알 수 없는 아빠 말고는. 너는 뭐에 관심이 있니? 어떤 꿈을 꾸고 있니? 라고 물어보고 잔소리하는 어른. 야단치고 충고하며 용기를 불어넣어 주는 어른이 있었으면 했다. 할머니만으로는 부족했다. 엄마처럼 구는 친구 주현이도 어른 같았지만 어른은 아니다. 동수는 주현이가 센 척, 잘난 척해도 얼마나 약한 애인지 안다.

아저씨는 보자마자 대뜸 야단을 쳤다. 난생처음 본 아이가 걱정되어서일 것이다. 말투는 거칠었지만 동수는 알 수 있었다. 더구나 그 아저씨는 그냥 포클레인 기사가 아니라 건축가라고 했다. 건축가가 뭐 때문에 시골구석에서 포클레인 운전을 하고 있는지는 궁금하지 않았다. 그냥 반가웠다. 명색이 건축을 배우는 학생이니 동수도 이름을 들어 본 건축가가 있었다. 동수는 아저씨를 졸졸 따라다니면서 귀찮게 했다. 책을 조금 읽고 인터넷 검색으로 알게 된 정보를 늘어놓으며 건방을 떨어도 아저씨는 다 들어 주었다.

아저씨가 자기를 굉장한 꿈을 꾸는 애라고 생각한 것 같아 부끄러웠다. 내가 건축가가 되고 싶다고 했던가? 그런 꿈을 꾸었나? 지난날을 떠올려 보았다. 아저씨한테 안도 다다오며 유명한 건축가들 이야기를 하며 허세를 부렸지만, 실제 동수가 생각한 건 포클레인 기사가 되는 것이다. 현실적으로 이룰 수 있는 계획이었다.

동수는 한글을 제대로 배우지 못해 초등 4학년이 되어서야 가까스로 책을 혼자 읽을 수 있었다. 구구단도 할머니와 살면서 간신히 뗐다. 성적은 늘 바닥이었다. 주현이 하도 잔소리를 해서 공부를 해 볼까 책상에 앉았지만 머릿속에 잘 들어오지 않았다. 모르는 게 많아 진도가 나가지 않고 괴롭기만 했다. 그런데 어려운 공부를 해서 건축가가 된다? 생각만 해도 웃음이 피식 새어 나왔다. 하지만 건축가는 최고로 멋있는 직업 같았다. 될 수만 있다면 되고 싶었다.

제주도로 수학여행 갔을 때 우와, 하고 저절로 탄성이 나오는 건물을 보았다. 안도 다다오가 지은 본태 박물관이었다. 주현이 선물해 주어서 그의 자서전을 읽었다. 고졸이라는 것과 할머니와 단둘이 가난하게 살았다는 것 말고 자신과 비슷한 점이 하나도 없지만, 동수는 어쩐지 그가 친근하게 느껴졌다. 책 한 권을 읽는다는 건 일방적이긴 해도 저자와 친해지는 것임을 알았다. 그 책을 읽으면서 알게 된 다른 건축가들의 책도 읽기 위해 난생처음 시립 도서관에도 갔다. 그가 설계한 건물을 다 보고 싶었다. 그 사람처럼 전 세계를 돌아다니며 훌륭한 건축물들을 직접 보고 싶다는 꿈도 생겼다. 그때까지 동수에게는 사랑할 만한 것,

탐닉할 만한 대상 같은 건 없었다. 비로소 선망하며 이해하고 싶은 세계가 생긴 것이다.

하지만 이제는 그 모든 게 전생의 일 같았다. 전생의 일이 맞을지 모른다. 동수는 그 사고로 자신이 죽었다고 생각했다. 리셋되었다. 더 나쁘게. 엄마 얼굴도 모르고 아빠는 사라졌으며 가난한 할머니가 거둬 주어 시골구석에 찌그러져 있던 아이. 더 이상 최악은 없을 줄 알았는데. 사고 후 병원에서 깨어나 비몽사몽인 상태에서 자신의 '왼쪽 다리'에 대해 들었다. 의사의 입에서 '절단'이라는 단어가 나온 순간 세상의 모든 소리가 사라졌다. 오직 그 단어만, 영원히 제 입으로 발음하고 싶지 않은 그 단어만 빼고 어떤 말도 들리지 않았다. 처음에는 이게 현실이 아니라고 생각했다. 꿈속에 있는 거라고. 아니면 또 다른 세상에 존재하는 내 모습을 잠깐, 어째서인지 모르지만 경험하는 것일지 모른다고.

"안 자니?"

문이 조금 열려 있었나 보았다. 할머니가 소리 내지 않고 들어와 옆에 서 있었다.

"어쩜 이렇게 똑같이 만들었다니. 전에 너 검사받으러 병원 간 날, 포클레인 씨가 와서 자로 재고 사진을 찍고 하더니 이걸 만들려고 그랬나 보다. 그런데 설계인가 뭔가 하는 거. 그거 어려운 거 아니냐?"

할머니가 책상 위의 모형을 가리키며 물었다.

"잘 모르겠어요. 내가 할 수 있을지도 모르겠고."

"그 양반이 허튼소리를 할 사람은 아닌 것 같아. 네가 잘할 수 있을 거라고 했으니 잘할 거야."

할머니가 동수 어깨를 토닥토닥 두드렸다.

"할머니, 근데…… 난 아직도 인정할 수가 없어요. 내 다리가 없다는 게 믿어지지 않아. 밤마다 생각해요. 자고 나면 왠지 다시 생겨날 것 같다고. 그런데 일어나 보면……."

"아이고, 내 새끼."

할머니가 동수 머리를 끌어다 가슴에 안았다.

"할머니, 이런 꼴이 되었는데 내가 앞으로 행복할 수 있을까?"

민망하게 울음보가 터졌다. 동수는 할머니 앞에서 펑펑 울어 본 적이 없었다. 병원에 입원했을 때도 혼자 있으면 눈물이 줄줄 흘렀지만. 할머니가 옆에 있으면 마음속이 어떻든 늘 말간 얼굴로 있었다. 더 이상 눈물이 나오지 않을 때까지 울어 본 건 처음이었다. 동수는 할머니도 소리 없이 울고 있다는 걸 알았다. 어느 순간 동수의 정수리께가 따뜻하고 촉촉해졌다.

포클레인이 훑고 지나가자 잡초와 잔돌로 어수선했던 마당이 평평해지고 단정해졌다. 훤해진 마당이 새 학년이 되어 새로 장만한 공책을 편 것 같았다. 한쪽이 무너진 담장을 철거해 시야가 트여서인지 마당이 한층 넓어 보였다. 담장 대신 화살나무를 심어 울타리를 만들기로 했다. 마당은 언저리의 볕이 잘 드는 곳에 할머니의 텃밭을 남겨 놓고 전부 블록을 깔 것이다.

포클레인은 텃밭이 될 땅에서 커다란 돌을 파내는 중이다. 돌이라기보다 바위였다. 주변의 흙을 계속 퍼도 바위 뿌리가 보이지 않았다. 동수는 마당 구석 보리수나무 아래 앉아 한 쪽 발을 움찔거렸다. 마음 같아서는 벌떡 일어나 거들고 싶으나…….

"뭐 하는 거야? 이사해?"

익숙한 목소리에 동수가 고개를 돌렸다. 대문이 있던 자리에 주현이 서 있었다. 황당한 표정이었다.

"대문이랑 담은 어디 갔어?"

주현이 초라한 살림살이가 아무렇게나 널려 있는 마당과 집 주변을 두리번거렸다. 대문과 담이 그 어딘가 숨어 있기라도 하듯.

"왔냐?"

"뭐냐? 그 열반에 든 것 같은 네 표정은?"

주현이 어이없다는 듯 말하며 동수가 있는 쪽으로 걸어왔다. 집에 온 게 오랜만이기도 하고, 지금 벌어지는 일에 대해 한마디도 하지 않았기에 이게 무슨 일인가 싶었을 것이다.

"리모델링하는 거야."

"리모델링?"

주현은 동수 입에서 외계어라도 튀어나온 것처럼 과장되게 발음했다.

"아저씨가 해 준대."

동수가 포클레인을 운전하고 있는 아저씨를 눈짓으로 가리키며 말했다.

"장애인을 위한 주택 개조 지원금이 있다나 봐. 그거 신청하는 것도 도와줬어."

"담이랑 대문은 없앤 거야?"

"응. 대신 나무를 심기로 했어."

주현은 동수 옆에 서서 물끄러미 포클레인을 바라보았다.

"담이 없어지니 속이 다 시원하긴 하다만…… 근데 저 아저씨가 왜?"

"뭐…… 나랑 친하니까?"

동수도 포클레인을 보며 나지막이 말했다.

"그런데 이렇게 받아도 되는지는 잘 모르겠어."

"얼마 전에 저 아저씨가 화원에 왔었어. 나무를 주문하고 간 것 같더라. 그게 너네 건가 보다. 근데 할머니는 어디 가셨어?"

"슈퍼에."

"할머니가 허락하신 거야?"

"응. 내가 이 꼴이 되었으니 대문은 어차피 없애야 해. 휠체어로는 드나들기 힘들잖아. 집 안에 있는 문턱도 그렇고."

"야, 싱크대 다 뜯어내?"

그때 집 안에서 창희가 창문으로 얼굴을 내밀고 외쳤다.

"어. 전부 뜯어내 버려."

동수가 큰 소리로 답했다.

"어, 박창희 아냐? 쟤가 여기서 뭐 하는 거야?"

주현의 눈이 동그래졌다.

"도와준다고 하네."

"쟤 대학 가지 않았어?"

"어, 요즘 학교 안 가고 온라인으로 수업해서 집에 와 있거든. 수업 없는 날 와서 도와주겠대. 근처 살아. 그 옆에 있는 애도 우리 반이었어. 조근호라고. 쟨 얼마 전에 회사에서 잘려 시간이 많은가 봐."

"잘린 거 아니거든. 회사가 망한 거라고, 새끼야."

근호가 마당에 나와 있었는지 바로 뒤에서 소리쳤다.

"너 친구도 있었냐?"

주현이 신기하다는 듯 말했다.

친구. 주현의 입에서 나온 단어가 동수에게 여러 감정을 불러일으켰다.

퇴원하고 나서 며칠 지났을 때 창희가 집에 찾아왔다. 동수는 아무도 만나고 싶지 않았다. 하지만 주현에게 하듯 매정하게 밀어낼 수가 없었다. 주현은 그래도 될 것 같았다. 충분히 친하니까. 설명하지 않아도 마음을 짐작하고 이해해 줄 것이었다. 하지만 박창희에겐 예의를 지켜야 할 것 같았다.

창희는 동수를 보자마자 눈물을 뚝뚝 흘렸다. 아무 말도 못하고 시팔, 시팔 그러면서 주먹으로 눈물을 닦아 냈다. 동수가 도리어 울지 말라고 다독거려야 할 판이었다.

"네가 왜 우냐? 내 다리가 없어졌는데."

"아 시팔, 친구 다리가 없어졌는데 울지도 못하냐?"

창희가 벌게진 눈을 치뜨고 버럭 소리를 질렀다.

그 와중에 동수는 생각했다. 아, 우리가 친구였구나. 얘는 나를 친구로 생각하고 있었구나. 미안했다. 생각해 보니 창희는 자신에게 늘 친절했다.

창희는 키가 185센티미터쯤 되는 거구에 눈썹이 짙고 얼굴에 여드름 자국이 불그스름하게 남아 있어 거칠어 보인다. 하지만 걸핏하면 얼굴이 벌게지는 순둥이인데다 고등학교 3년 내내 반장을 한 모범생이다. 3년 동안 같은 교실에서 공부했고 간간이 어울리긴 했지만…… 우리가 친구였다니. 나에게 친구는 주현뿐이라고 생각했는데.

다리 하나를 잃고 나서 친구가 생겼다. 뭔가를 잃고 뭔가가 생겼다는 느낌. 엄밀히 말하자면 새로 생겼다기보다 발견된 건데 낯설지 않았다. 아빠가 사라지고 나서 동수의 인생에 할머니가 나타났을 때의 느낌이었다. 아직 많이 살아 보지는 못했지만 인생이라는 게 좀 웃기다는 생각이 들었다.

"나한테 너 말고 친구가 없을 거로 생각했지?"

동수가 주현에게 살짝 거드름을 피우며 물었다.

"네가 말한 적 없잖아."

"그랬나? 근데 아까부터 너한테 맛있는 냄새 난다. 그거 뭐냐?"

동수가 주현의 손에 들린 종이 가방을 보며 물었다.

"어…… 치킨 사 왔는데 달랑 한 마리야. 이렇게 입이 많을 줄 모르고."

"괜찮아. 할머니가 점심 해 주실 거야. 너도 먹고 가라. 이건 애피타이저로 먹지 뭐."

주현은 집 안에서 나온 의자를 가져다가 동수 옆에 앉았다. 둘은 말없이 포클레인이 돌을 파내는 것을 바라보았다. 지루한 다큐멘터리를 보는 것 같았다. 전날 비가 와서인지 흙먼지가 일어나지는 않았다.

"저거 보니까 전에 네가 인형 뽑기 기계에서 펭귄 인형 뽑아 준 거 생각난다."

"그 인형은 잘 있냐?"

"그래, 잘 있다. 내 책상 위에."

"그거 뽑는다고 하도 힘을 줘서 그날 밤에 자다가 손에 쥐났잖아."

"으이그. 약해 빠진 녀석."

집 안에서 동수의 두 친구가 싱크대를 뜯어내느라 법석을 떠는 소음이 들려왔다.

"네 친구들 되게 열심이다. 흐흐."

주현의 말에 느닷없이 동수가 물었다.

"야, 너도 나를 불쌍하다고 생각하니?"

"누가 너 불쌍하대?"

"대놓고 말하지는 않지. 근데 주변 사람들이 나한테 잘해 주면 왠지 그런 생각이 들어. 동정하는 거 같아."

"누가 잘해 주는데? 저 아저씨랑 쟤들?"

"응. 그리고 너도."

"난 원래부터 잘해 줬거든."

"그랬냐?"

"진짜 잘해 주는 거라면 불쌍해서가 아니라 널 좋아해서일 거야. 나야 뭐 원래 마음이 바다와 같으니까."

"어깨를 짓누르는 짐이라고 여기는 건 아니고?"

"뭔 소리야?"

"혹시나 해서. 그런 관계는 최악이라는 생각이 들어. 누군가 나를 그렇게 생각한다면 슬프고 비참할 것 같아."

"요즘 시 공부 하니?"

주현이 쯧쯧 하고 혀 차는 시늉을 하더니 말했다.

"야, 내 어깨를 짓누르는 짐은 나 자신이야. 내 주제에 누굴 걱정하냐?"

"아님 다행이고. 근데…… 이거 볼래?"

동수가 불쑥 무릎을 덮은 담요를 젖히자 주현이 소스라치게 놀랐다. 동수는 주현이 담요로 덮고 있는 제 다리 쪽을 보지 않으려 내내 애쓰고 있는 걸 알았다. 하지만 주현이 놀란 걸 모른 척하고 그 아래 종이를 꺼냈다.

"집 이렇게 고칠 거야."

집 도면이었다. 아저씨가 시청에 가서 도면을 구해다 주고 노트북에 자료를 바탕으로 설계하고 그래픽으로 볼 수 있는 캐드 프로그램도 깔고 갔다.

"내가 한 거야."

"정말? 이런 것도 할 줄 알아?"

"야, 내 전공이 뭐냐?"

"오, 너 수업 시간에 잠만 잔 거 아니었어?"

"넌 봐도 모르겠지? 설명해 줄게."

동수는 휠체어를 빙글 돌려 보리수나무 아래 있는 하얀 상자 두 개를 집어 들었다.

"이게 뭔고 하니, 건축 모형이라는 거야. 왼쪽에 있는 게 원래 우리 집. 그리고 오른쪽에 있는 이게 고친 후의 집. 그러니까 비포, 애프터."

동수는 양손에 집 모형 두 개를 들고 설명했다.

"여기가 내 방이야. 이 벽을 이렇게 터서 바깥으로 나가는 출입문을 만들 거야. 자동문으로. 버튼을 누르면 문이 열리는 거지. 마당엔 블록을 깔 거야. 길에 까는 블록 알지? 아저씨가 폐블록을 구해다 준다고 했거든. 내 방에서 문을 열면 휠체어를 타고 바로 마당으로 나갈 수 있어. 그리고 여긴 주방인데 싱크대 높이를 확 낮추기로 했어. 내가 휠체어 타고 요리랑 설거지도 할 수 있어. 할머니는 의자에 앉아 일할 수 있고. 싱크대는 아저씨 부인, 그러니까 전 부인이 만들어 준대. 이런 거 만드는 회사 사장님이래."

"저 아저씨 이혼했어? 대박. 왜?"

주현은 새로운 정보에 급 호기심을 보이며 소곤댔다.

"야, 이야기 맥락상 그게 중요한 게 아니잖아?"

"원래 가십이 더 재밌잖아."

"연예인도 아닌데 가십은 무슨……."

"봤어? 저 아저씨 부인?"

"아니. 주방 실측하러 주말에……."

"와, 다 나왔다. 돌."

갑자기 주현이 손뼉을 치며 소리를 질렀다.

동수는 말을 끝내지 못하고 마당 쪽을 보았다. 마침내 포클레인이 바위를 파내 들어 올리고 있었다. 땅에는 깊고 커다란 구멍이 생겼다.

"이 구멍 메꾸기 아까운데. 김장독이라도 묻어야 할 것 같다."

아저씨가 포클레인에서 고개를 빼고 큰 소리로 외치며 허허 웃었다. 포클레인의 금 간 유리에 정오를 향해 가는 해가 빛을 쏟아냈다. 커다란 바위를 캐내느라 열일을 한, 여기저기 흠집이 나 있는 포클레인이 초라하고 지쳐 보였다.

"동수야, 나 고백할 거 있어."

갑자기 주현이 착 가라앉은 목소리로 말했다.

"어? 뭔데?"

한참 뜸을 들이고 나서 주현이 입을 열었다.

"포클레인에 난 저 흠집들 있잖아. 내가 그런 거야. 돌을 던졌어. 저 아저씨 집에 가서 몇 번이나."

"왜?"

주현이 아무 말 하지 않았다.

동수도 더는 묻지 않았다.

둘은 한동안 말없이 있었다. 집 안과 밖에서 끊임없이 생겨나는 소음 때문에 침묵이 어색하지는 않았다.

잠시 후 동수가 말했다.

"나도 고백할 거 있어."

괜스레 목이 잠겨 흠흠 소리를 내 보았다.

"그날, 사고 난 날……."

동수도 조금 뜸을 들이다가 말했다. 그날 일이 떠올라 눈을 감고 싶었다. 하지만 포클레인을 똑바로 쳐다보면서 말했다.

"내가 포클레인에 들어가서 운전을 해 봤어. 내가 파킹 브레이크를 건드린 것 같아. 그래서 그게 움직였을 수도 있어."

주현의 눈이 동그래졌다.

그런 일이 있었다. 사고 전날, 퇴근하면서 아저씨가 집 근처까지 데려다줬다. 가는 길에 포클레인 키를 동수에게 건네며 말했다. 내일 사촌 동생 결혼식이 있어 출근을 안 하는데, 혹시 모르니 사무실에 키를 갖다주라고. 급하게 쓸 일이 있을지 모르니까. 다음 날 동수는 아침 일찍 나가서 사무실에 키를 주기 전에 포클레인에 들어가 앉아 보았다. 그냥 호기심이었다. 평소 아저씨가 운전하는 걸 유심히 봐 두었기에 슬쩍 한 번만 움직여 보자 하는 생각이었다. 운전석에 앉아 있으니 기분이 묘했다. 시동을 걸어 거대한 팔을 들어 올려 보았다. 생각처럼 쉽지 않았다. 역시 눈으로 보는 것만으로는 아무것도 배울 수 없다고 생각했다. 그리고 시동을 끄고 나왔다.

사고가 나고 수술하고 병원에 누워 수많은 생각과 절망, 망상으로 하루하루를 보냈다. 어느 날 갑자기 그 일이 떠올랐다. 그때 내가 파킹 브레이크를 걸어 놓고 나왔던가? 도무지 기억나지 않았다. 시동을 끄면 괜찮은가? 포클레인이 쓰러진 건 그것과 상관없나? 머릿속이 하얘졌다. 아저씨를 볼 때마다 괴로웠다. 퇴원한 후 처음 만났을 때 죄인 같은 표정을 짓고 있는 아저씨를 보고 화를 낼 뻔했다. 왜 그런 표정을 짓는 거냐고, 아저씨는 아무것도 모르지 않느냐고.

"아무도 몰라. 너한테 처음 말하는 거야."

담담하게 말했지만, 주현은 동수가 떨고 있다는 걸 눈치챘다. 무릎 위에 놓인 동수의 손을 주현이 꼭 쥐었다. 동수는 갑자기 울컥해서 크게 숨을 내쉬었다. 지붕 한쪽이 내려앉은, 너무나도 리얼하게 만들어진 집 모형이 눈에 들어왔다. 그 옆에 조만간 달라질 집 모형도 있었다. 창희와 근호가 뜯어낸 싱크대를 집 밖으로 끄집어낼 때 요란한 소리가 났다. 마당에서는 포클레인이 커다란 손으로 흙을 옮겨 바위가 있던 구멍을 메꾸고 있었다. 눈에 보이는 모든 광경, 그리고 소리, 주현이 손의 온기, 늘어진 보리수 가지의 이파리가 목덜미에 닿아 간질거리는 느낌, 이 모든 것에 울컥했다.

아무 일도
없던 것처럼

― 은수 ―

주말이라 늦잠을 잤다. 아니, 자려고 했다. 잠결에 들리는 윙윙거리는 소리에 자꾸 눈이 떠졌다. 이불을 뒤집어써도 소리가 귀를 파고들었다. 더 자기는 글렀다. 은수는 이불을 걷어차고 일어났다. 8시도 되지 않았는데 도대체 무슨 소리람.

은수의 기척에 볼보가 방으로 뛰어 들어왔다. 한바탕 아침 인사 의식을 치른 뒤 거실로 나갔다. 소리가 더 크게 들렸다. 볼보도 소리가 거슬리는지 거실과 부엌, 현관을 왔다 갔다 했다. 볼보 발톱이 마룻바닥에 닿을 때마다 장난감 악기에서 나는 것 같은 귀여운 소리가 생겼다. 거실 창으로 내다보니 삼촌이 잔디를 깎고 있었다. 잔디 깎아야 하는데, 이 말을 2주 전부터 하더니 드디어…….

"하필 오늘 이 시간에 할 건 뭐야. 주말 아침에. 삼촌은 잠도 없나, 아직 아침잠이 없어질 나이는 아니잖아."

은수는 입이 찢어지게 하품을 하며 중얼거렸다.

소파에 널브러져 휴대폰을 보고 있는데 삼촌이 들어왔다. 온몸이 땀범벅이고 옷과 얼굴, 머리에는 잔디의 잔해가 여기저기 붙어 있었다.

"이제 아침에도 덥다, 야."

삼촌은 바로 욕실로 들어갔다.

5월도 막바지로 향하고 있었다. 마당의 매화와 벚꽃, 수선화와 튤립, 무스카리 같은 봄꽃이 졌다. 라일락 나무에서 꽃이 피는가 싶더니 어느새 꽃이 사라졌다. 이제 수국의 계절이었다. 새로운 꽃이 피면 이모에게 사진을 찍어 보내 주는 임무를 맡은 덕에 은수는 계절별 꽃 이름을 알게 되었다.

은수는 부엌으로 가서 아침을 차렸다. 삼촌이 좋아하는 커피를 내리고 계란프라이를 하고 토스트를 만들었다. 이 정도 준비하는 건 식은 죽 먹기다. 처음 이곳에 왔을 땐 요리는커녕 계란프라이도 다 태우거나 걸레처럼 만들어 버렸다. 설거지한다고 부엌 바닥을 물바다로 만들기도 했다. 삼촌이 엄마와 통화를 하면서 누나는 애를 대체 어떻게 키운 거냐고 비아냥거렸는데 이젠 김치찌개와 카레 같은 것도 할 수 있게 되었다. 그래도 은수가 이렇게 솔선수범해서 아침을 차린 적은 없었다. 오늘은 그래야만 하는 이유가 있다.

어제저녁 삼촌이 느닷없이 말했다.
"이제 그만 집에 돌아가야 하지 않겠냐?"
"싫은데."
"서서히 준비해."
"전염병이 사라지면 갈게."
"안 사라져. 같이 살아야 해. 하나가 사라지면 다른 바이러스가 생긴다더라."
"그건 너무 끔찍한데."
"계속 피해 다닐 수만은 없잖아. 한 번쯤 걸리는 것도 나쁘지 않아. 그래야 저항력이랑 면역력도 생기지."
바이러스 얘긴지 다른 얘긴지 헷갈렸다.
아무래도 여기 더 머무르려면 눈치껏 행동해야 할 것 같았다. 생각해 보니 찔리는 게 많다. 삼촌이 자신을 어릴 때부터 예뻐했다는 걸 알아서 버릇없이 굴었다. 엄마의 남매 가운데 은수가 반말을 하는 사람은 삼촌뿐이다. 칠 남매의 막내고 나이 차이도 많이 나서 이모들이 삼촌을 애기 취급했다. 그걸 봐서인지 은수는 삼촌이 그냥 편했다. 변명을 하자면 나이가 스무 살 넘게 많아도 세대 차이가 안 느껴져서일 것이다. 삼촌이라기보다 사촌 오빠 같았다. 그동안 삼촌의 가사 노동에 슬쩍 얹혀 지낸 것도 찔렸다. 세 달 넘게 있으면서 은수가 집안일을 한 건 손에 꼽을 정도니까.
"오대 영양소가 골고루 갖춰진 아침이다, 그치 삼촌?"

냉장고에 있던 자투리 야채를 꺼내 샐러드도 푸짐하게 만들었다. 과장되게 생색을 냈지만 삼촌은 별말이 없었다. 식사가 끝날 즈음에야 입을 열었다.

"새삼스럽게 아침을 차린 의도가 뭔진 알겠다만……."

"의도 같은 거 없는데."

"나 조만간 영화 들어가. 곧 서울 갈 거야."

"와, 잘됐네. 어떤 영화야? 삼촌 역할은 뭐야? 누구 나와?"

"슬슬 집에 갈 준비해."

"난 그냥 있을게. 혼자서도 얼마든지 살 수 있어."

"말이 되는 소리를 해라."

"왜 말이 안 돼? 지금처럼 평일에는 수업받고. 주말에는 이모들 누구든 올 거 아냐? 얼마든지 혼자 있을 수 있어."

삼촌은 창밖을 내다보며 커피만 홀짝거렸다. 그러더니 한참 뒤에 말했다.

"나 고등학교 때 학교도 잘리고 불량 청소년이었다는 얘기 들었지?"

"들었지. 이모들이 맨날 하는 얘기잖아."

"가출한 적도 있어. 한동안 쉼터 같은 데서 지냈어. 너무 끔찍하더라. 집에 가고 싶은데 쪽팔려서 못 돌아가겠는 거야. 그런데 나를 찾아낸 사람이 넷째 매형이야. 네 아빠."

"그건 몰랐어."

"네가 태어나기 전이었으니까. 매형이 신문사 들어간 지 얼마 되지 않았을 때인데 아는 형사들한테 부탁해서 가출 청소년 쉼터란 쉼터는 다 알아봤나 봐. 매형을 보는 순간 눈물이 막 쏟아지더라. 매형이 아무 말도 하지 않고 내 손을 잡고 거길 나왔어. 두 사람 신혼집에 내가 몇 달 얹혀살았어. 방이 두 개 있는 되게 작은 집이었는데 내가 방 하나를 차지하고 온종일 잠만 잤어. 누나랑 매형 출근하면 잠깐 일어나서 차려 놓은 밥을 먹고 티브이 보다가 또 자고…….”

삼촌이 청소년기에 방황을 엄청 했다는 건 알았는데 이렇게 자세한 얘긴 처음 들었다.

“그런데 하루는 매형이 나를 데리고 대학로에 갔어. 티켓이 생겼다면서 연극을 보자고 하더라. 촌놈이 태어나서 연극이라는 걸 처음 봤지. 제목도 내용도 잘 생각나지 않은데 엄청 울었어. 딱히 슬픈 내용은 아니었는데 왜 울었던 건지 이해가 되지 않았어. 그 뒤로 매형이 종종 나를 데리고 연극을 보러 가거나 티켓을 줘서 혼자 공연을 봤지. 일주일에 한 번 이상은 봤던 것 같아. 연극을 보고 나면 늘 울컥하더라. 다섯 번쯤 보고 났을 때 그 이유를 알았어. 극이 다 끝나고 배우들이 전부 무대에 나와 커튼콜을 할 때, 그 장면이 나를 건드린 거야. 무대 위의 그 사람들의 표정, 하나의 삶을 표현한 뒤 관객에게 박수를 받는 그들의 표정이 얼마나 충만해 보였는지 몰라. 자기 삶에 온전히 만족하고 있는 사람에게서만 나올 수 있는 표정이라는 생각이 들었어.”

삼촌은 차분하게, 은수에게는 좀 낯선 얼굴로 이야기를 이어

나갔다. 은수도 귀 기울여 들었다.

어느 날 삼촌은 아빠에게 물었다고 한다. 저런 거 하려면 어떻게 해야 해요? 라고. 그러자 아빠가 극단 관계자를 소개시켜 줬다. 삼촌은 극단에 들어가 청소와 심부름부터 시작했다. 그때가 열아홉 살이었으니까 지금까지 거의 20년 넘게 연극 판에 있었던 거다. 이따금씩 영화나 드라마에서 잠깐 나오는 역할을 하고 생활비를 벌면서 경제적으로 풍족하지 못하게 살지만, 삼촌은 자신이 이 길로 들어온 것을 한 번도 후회하지 않았다고 한다. 만일 이 일을 하지 않았다면 어떻게 되었을지 상상할 수 없다고. 바람직하게 살고 있지는 않았을 거라고 말했다.

"아빠가 그때 왜 삼촌이랑 연극 보러 갈 생각을 했대? 물어본 적 있어?"

"슬쩍. 그냥 표가 생겨서 그랬대. 내가 심심해 보여서. 그때 매형이 문화부에 있었거든. 홍보용 티켓이 종종 생겼던가 봐. 근데 알고 보니 처음 몇 번만 공짜 표였어. 내가 관심 갖는 거 같으니까 나중에는 직접 사서 준 거였더라. 매형은 연극을 보고 나서 어땠냐고 감상을 물은 적이 한 번도 없었어. 극장을 나와서 같이 밥을 먹을 때도 있었는데 우리 둘 다 조용히 밥만 먹었어. 그래서 더 좋았어. 그 집에 있을 때, 아니 그 시절에 내가 좀 꼴통이었거든. 근데 매형은 한 번도 잔소리한 적이 없어. 누나만 언제까지 집구석에서 이렇게 지낼 거냐고 난리였지."

"아빠가 말이 많은 사람은 아니잖아."

"그때 난 매형이 정말 어른 같다고 생각했어. 내가 아는 어른 중에서 가장 좋은 어른. 그래서 매형이 어떤 실수를 해도 비난하지 않을 거라고 다짐했어."

"아빠도 알아? 삼촌이 이런 생각하는 거?"

"얼마 전에 얘기했어. 너 밤늦게까지 안 들어온 날. 포클레인에서 잠든 날 말야. 너 기다리면서 이런저런 얘길 했지. 네가 전화도 차단한 것 같다고 하더라. 매형이 너한테 무지 미안해하고 있어. 너 보러 오기까지 되게 힘들었나 보더라. 네가 전화 안 받아서 다행이라고 생각했대. 매형이 여기 온 건 굉장히 용기를 낸 거였어."

은수는 손톱만 만지작거렸다.

"살다 보면 누구나 나약해지는 순간이 있어. 상황에 몰려 나쁜 결정을 내려야 할 때도 있고. 네 나이 때는 부모가 신처럼 느껴지겠지만, 아니 신이길 바라겠지만……."

"근데 왜 옛날얘기를 하는 거야, 갑자기?"

"몰라서 묻냐? 이제 그만 돌아가라고. 순하고 말도 없는 사람이 왜 달라졌을까?"

그 점에 대해 은수가 생각을 안 해 본 건 아니다.

몇 년 전 일이다. 아빠가 다니던 신문사에 문제가 생겼다고 들었다. 기자들이 쓴 기사가 슬쩍 내용이 바뀌어서 실린다든지 말도 안 되는 인사이동이 있다든지 하는. 사실 그즈음 엄마랑 아빠가 밤마다 술잔을 앞에 놓고 마주 앉아 심각한 얘기를 하곤 했다. 은수는 전혀 관심을 가지지 않았다. 막 중학생이 된 은수에겐 부모의 삶은 안중에도 없었으니까. 그건 어른들 세상의 이야기고 자기랑은 전혀 상관없는 일이라고 생각했다. 그런데 은수의 삶과도 직결되는 일이 일어났다. 얼마 뒤 아빠도 불이익을 당해 회사를 나오게 되었다. 그러고 나서 바로 아빠가 변한 건 아니다. 집에 있는 시간이 예전보다 많아지긴 했지만, 이제부터 돈을 더 아껴 써야 한다는 말을 듣긴 했지만, 집안 분위기가 갑자기 달라지진 않았다. 뭔지는 몰라도 아빠는 일을 하고 있었다. 아빠의 칩거는 전염병 발발과 비슷한 시기에 시작되었다. 칩거만 한 게 아니다. 가족과 말을 하지 않았고 얼굴은 세상을 향한 분노로 날이 서 있었다. 엄마나 은수가 자신을 비난하는 듯한 말이나 행동을 보이면 갑자기 괴물이 되어 공격했다. 은수가 집을 뛰쳐나온 그날처럼.

"내가 어떻게 해야 해?"

"미워하지 말고 기다려 주는 거. 물론 피하지도 말고. 매형은 반드시 원래의 괜찮은 어른으로 돌아올 거라고 나는 믿거든. 가족들이 외면하면 다시 돌아가기 힘들어. 경험자로서 말하는 거야. 지금 제일 괴롭고 힘든 사람은 매형일 거야. 이제 집으로 돌아가. 가서 아무 일도 없던 것처럼 그냥 있어. 이제 네가 용기를 낼 때야."

은수에게 옆모습을 보이며 차분하게 말하는 삼촌 모습이 낯설었다. 은수는 삼촌이 나오는 연극을 본 적이 많다. 무대 위의 삼촌은 은수가 아는 사람 같지 않았다. 삼촌은 장군, 부랑자, 바람둥이, 독립운동가, 사기꾼 등 다양한 배역을 연기했다. 무대에서의 삼촌은 바로 그 인물로 둔갑을 한 것 같았다. 하지만 분장을 지우고 공연장 밖으로 나오는 순간 여섯 누나들의 철부지 막내동생으로 돌아왔다. 은수는 잠깐 헷갈렸다. 삼촌이 잠시 다른 배역으로 둔갑을 한 건가 싶었다. 하지만 삼촌이 고개를 돌려 은수와 눈을 마주쳤을 때, 사려 깊은 눈빛을 보았을 때 코끝이 좀 찡했다.

"근데 삼촌…… 나는 그때 정말 무서웠단 말야. 세상이 끝나는 것 같았어. 아빠가…….'

눈물이 핑 돌았다. 노래하다 음을 이탈했을 때처럼 목에서 이상한 소리가 나서 더 이상 말을 할 수가 없었다. 은수는 당황했다. 두 손으로 얼굴을 감싸고 고개를 푹 숙였다. 그러자 눈물 담긴 병뚜껑이 열린 것처럼 눈물이 쏟아졌다. 잠시 뒤 은수의 머리를 부드럽게 쓰다듬는 다정한 손이 느껴졌다.

"으이그. 울긴 왜 우냐? 이렇게 잘생기고 멋진 삼촌이 있는데."

이 상황에 어울리지 않는 삼촌의 말에 은수는 웃음이 터질 뻔했다. 울다가 웃으면 안 되는데.

"볼보, 산책 가자."

눈물의 아침 식사를 끝내고 좀 민망해져서 은수는 볼보를 데리고 집을 나섰다. 삼촌 말대로 이제는 제법 더웠다. 아침나절인데도 팔에 닿은 햇볕이 더는 기분 좋게 느껴지지 않았다. 산책이라면 무조건 신난 볼보는 리드 줄이 팽팽해질 정도로 앞서 나갔다. 생각이 많아진 은수는 천천히 걸었다.

'이제는 정말 집에 가야 할 때가 된 건가? 내가 용기를 내야 할 때라고? 아무 일도 없던 것처럼 그냥?'

사실 시간이 지나니 집과 자신의 방이 그립기도 했다. 아빠를 미워하자고 마음먹었지만 때때로 아빠와의 좋았던 시간이 불쑥 생각나곤 했다.

볼보에게 끌려가다시피 하며 걷다 보니 어느새 '더 가든' 앞이었다. 카페는 아직 문을 열지 않았다. 볼보는 혀를 빼물고 숨을 가쁘게 쉬고 있었다. 목이 마를 텐데 물을 챙겨 오지 못했다. 이렇게 멀리까지 올 생각이 아니었으니까.

"여기 조금만 있자. 카페 문 열면 물 줄게."

은수는 카페 진입로 돌계단에 앉았다. 볼보도 은수 옆에 얌전히 앉았다. 눈앞에 너른 저수지가 펼쳐졌다. 오전 햇살에 반짝거리는 윤슬과 저수지 주변을 둘러싸고 있는 나무들. 풍경이 아름다웠다. 저 멀리 저수지 건너편 하얀 집도 보였다. 은수는 휴대폰을 들어 사진을 찍었다. 옆에 있는 볼보 사진도 찍었다.

새별과의 채팅방에 들어가 사진들을 올렸다. 그리고 문자를 입력했다.

— 새별아, 안녕.

나 요즘 이런 풍경을 보면서 지내. 여기가 어디냐면…….

은수가 긴 문장을 쓰고 마침내 전송을 눌렀을 때, 말소리가 들렸다.
"카페 온 거예요?"
카페 언니가 뒤에 서 있었다.
"강아지랑 산책 나왔는데 너무 멀리까지 와서 힘들어서요. 강아지 물 좀 먹일 수 있을까요?"
"10분쯤 있다 안으로 들어와요. 환기 좀 시키고 커피 내려서 한 잔 줄게요. 첫 손님은 공짜예요. 강아지 물도요."
주현이 돌아서서 폴딩 유리문을 활짝 열었다. 모든 창문을 열고 안에 있던 야외 테이블과 의자를 바깥으로 나르기 시작했다. 은수가 벌떡 일어나 거들었다. 주현은 별말 없이 은수를 향해 미소를 지어 보였다.
영업 준비를 마치고 주현이 카운터 뒤로 들어갔다. 커피 기계에서 위잉, 하는 소음이 나고 커피 향이 은은하게 실내에 퍼졌다.
잠시 후 주현이 은수가 앉아 있는 테이블로 쟁반을 들고 왔다.
"커피는 서비스고 케이크는 내가 쏘는 거예요."
테이블에 커피가 찰랑거리는 머그 컵과 치즈케이크 한 조각, 그리고 물이 담긴 대접이 놓여 있었다.
"감사해요. 잘 먹을게요."
은수는 볼보에게 먼저 물을 주고 말했다.

"그리고 삼촌한테 들었는데 저보다 언니라고…… 말 놓으세요."

"아, 손님이니까."

"공짜 커피 마시는데 무슨 손님이에요."

"그러네. 음 그럼 통성명이나 할까? 이름이 뭐야? 나는 오주현."

"서은수예요."

"그래. 카페 준비 도와줘서 고마워. 그리고 지난번에 건너편 집에서 본 일은 잊어 줘."

"네, 근데 왜……."

"이유도 묻지 말고."

은수는 고개를 끄덕이며 입에 지퍼 채우는 시늉을 했다.

커피 향은 좋았지만 아직 커피 맛을 모르는 은수에게는 좀 썼다. 설탕 한 봉지를 털어 넣고 한 모금씩 천천히 마셨다. 치즈케이크와 먹으니 그런대로 괜찮았다. 커피를 다 마시고도 멀거니 창밖을 내다보며 한참 앉아 있었다. 생각의 끈이 이어졌다. 조만간 집으로 가야 한다면 아빠와의 문제 말고도 처리해야 할 일이 더 있었다. 계속 미루어 놓은 일. 은수는 볼보를 바라보았다. 물한 대접을 거의 다 마시고 바닥에 납작 엎드려 졸고 있었다.

볼보의 전 주인에게 전화를 해야 했다. 삼촌에게 문자가 온 날, 당장 전화를 해 보겠다는 삼촌에게 사정사정해서 미루었다. 이 작은 강아지가 어떤 사정으로 은수와 만나게 되었는지 모른다. 누군가. 그 박순애라는 사람이 강아지를 잃어버려 찾고 있을지 아님 버린 건지. 버린 거라면 데려가지 않겠지만 잃어버린 거라면 보내야 할 것이다. 확률은 반반. 볼보와 함께 지낸 시간이 길지 않았지만 오랫동안 함께 있었던 것 같았다. 처음 만났을 때부터 낯설지 않았다. 그리고 얘를 만나지 않았다면 이곳에서의 생활이 이토록 만족스러웠을까? 만에 하나 볼보를 전 주인에게 보내야 한다면…… 생각만 해도 슬펐다.

오늘도 삼촌과 얘기했었다.

"그냥 모르는 척하면 안 될까? 어쩌면 그 사람은 기억 못 할 수도 있잖아. 잃어버린 거면 지금쯤 포기했을지도 모르고."

"넌 잠깐 같이 지냈는데도 이렇게 애틋한데 그 사람 마음은 어떻겠냐?"

삼촌은 단호했다.

틀린 말은 아니지만 은수는 결정할 수가 없었다. 아니, 결정하기 싫었다.

"아, 정말. 어쩌라고."

은수는 테이블에 엎드려 콩콩 머리를 박았다.

"무슨 고민 있나 봐?"

목소리가 들려 고개를 들었다. 카페 언니였다.

"아, 네……."

주현이 빈 머그 컵과 접시를 챙겨 카운터로 갔다가 금세 다시 왔다. 손에 스케치북과 색연필 케이스가 들려 있었다.

"심심하면 그림 한번 그려 볼래?"

주현이 맞은편 자리에 앉더니 스케치북을 펼쳤다.

스케치북의 하얀색 면을 보니 좀 막막했다. 그러고 보니 미술 수업을 한 지 한참 되었다. 되게 좋아하지도 않고 잘 그리지도 못하지만 미술 시간에 그림을 그리면 기분은 좋았다.

"아무거나, 내키는 대로. 여기 있는 식물들이나 네 강아지나 벽시계나 뭐 그런 거. 이게 은근 중독성이 있다. 뜨개질하는 것처럼."

"뜨개질은 안 해 봤지만…… 그림이야 그려 봤죠."

"머릿속이 복잡할 때 딱 좋아."

"근데 제가 복잡한 건 어떻게 알았어요?"

"네 나이 때는 하루에도 몇 번씩 마음이 널을 뛰니까. 폭풍우 치는 날의 파도 같다가, 소나기 그친 뒤 지평선에 아스라이 나타난 무지개 같다가, 불꽃놀이 폭죽 같다가……. 막 그 시기를 통과한 사람이라면 알 수 있지, 라고 말하고 싶다만. 방금 너 테이블에 머리 박았잖아. 딱 보면 알지."

은수가 혀를 한 번 내밀고는 씩 웃었다. 그리고 색연필 케이스를 열었다.

"와, 색 예쁘다. 되게 비싼 것 같아요. 그림 그리고 싶어지는 색연필이네요."

"비싼 거 맞아. 근데 그거 훔친 거야."

주현의 말에 은수가 피식 웃었다.

"진짜야. 중1 때 시내에 있는 교보문고에서 훔쳤어. 나 이거 빨리 써서 없애 버려야 하거든. 그러니까 열심히 써. 혼자 아무리 써도 닳지가 않아. 이거 버려도 자꾸 내 앞에 나타나. 귀신 붙은 것처럼."

'이 언니 무슨 농담을 이렇게 구체적으로 하지. 농담 맞나?'

주현이 은수 생각을 읽었는지 말했다.

"농담 아닌데. 이걸 훔치고 나서 도망치다가 떨어뜨렸거든. 그런데 다음 날 누가 이걸 주는 거야. 너 어제 이거 떨어뜨렸잖아, 하고. 무섭지?"

은수는 눈이 동그래져서 고개를 끄덕끄덕했다.

"집에 오자마자 쓰레기통에 던져 버렸어. 그런데 다음 날 우리 언니가 주워 들고 온 거야. 누가 이 좋은 걸 버렸더라. 미쳤어. 한 번도 쓰지 않은 것 같은데…… 하면서. 그때 생각했어. 이게 날 죽자고 쫓아다니려나 보다. 죄책감 느끼라고. 그래서 눈에 띄지 않게 서랍 속 깊은 곳에 감춰 두었거든. 한 6년 동안. 그런데 최근에 자꾸 생각이 나는 거야. 그래서 꺼내서 쓰기 시작했어. 나 이거 다 닳을 때까지만 그림 그리기로 했어. 같이 쓰자."

은수는 알겠다는 듯, 색연필 하나를 집어 들었다. 흰 종이를 잠시 바라보다가 줄을 죽 그었다. 무엇을 그릴지는 아직 알 수 없었다.

슬픈 냄새가
나는 사람들

─────── 볼보 ───────

"복순이가 뭐야, 이름이!"

은수의 신경질적인 목소리. 나는 놀라서 돌아보았다. 기분 좋게 산책을 하고 신나게 집으로 뛰어 들어왔을 때다. 은수 얼굴이 일그러져 있었다. 화난 얼굴. 화가 난 인간들에게선 고약한 냄새가 난다. 피해야 한다. 그런데 은수의 냄새는 다르다. 슬픔에 가까운 냄새다. 방금 전까지 웃고 있었는데 갑자기 왜 저럴까? 그건 그렇고, '복순이'라고 하지 않았나. 잘못 들은 걸까?

은수는 나를 부를 때 '볼보'라고 하는데, 할머니는 '복순아'라고 했다. 나는 잠깐 놀랐다. 할머니가 왔나? 드디어 나를 찾아낸 건가. 순간적으로 그런 생각이 들었다. 그럴 일은 없겠지만 혹시 하는 마음을 완전히 접을 수는 없나 보다. 마지막으로 본 할머니

모습이 떠올라 슬퍼졌다. 그때 내가 할머니 곁을 떠나지 않았다면…… 그럼 은수를 만나지 못했겠지?

"볼보, 들어가자."

은수가 현관문을 열고 내게 손짓을 했다. 얼굴 표정은 풀어졌지만 웃지는 않았다. 은수는 나를 욕실로 데리고 들어가 발을 씻기고 수건으로 꼼꼼하게 물기를 닦아 주었다. 그러는 내내 은수는 아무런 말도 하지 않았다. 기분이 좋지 않아 보였다. 나는 다른 때처럼 버둥거리지 않고 얌전히 발을 맡겼다.

은수는 방에 들어가 침대에 기대 전화기를 톡톡 두드리고 있다. 그러다 가끔 고개를 들어 발치에 앉아 있는 나를 쳐다보았다. 묘한 표정으로 내 등과 머리를 쓰다듬었다. 불안했다. 좋지 않은 일이 생길 것 같은 느낌이 들었다. 어쩌면 은수와 헤어져야 할지도 모른다. 다시 혼자가 되고 외로워지는 건 싫은데…….

은수를 만난 건 내게 밥을 주는 아저씨네 집에서였다. 그날 아저씨네 집에서 맛있는 냄새가 났다. 내가 가까이 갔을 때 아저씨는 여느 때처럼 말을 걸었고, 고기를 듬뿍 주었다. 음식을 먹고 나서 아저씨가 집 안으로 들어가자 언젠가부터 내 잠자리가 된, 커다란 팔이 달린 차 안으로 갔다. 그런데 누군가 먼저 자리를 차지하고 있었다. 사람이었다. 바닥에 쪼그리고 앉아 자고 있는 그 작은 사람에게서 슬픈 냄새가 났다.

그런 사람들이 있다. 슬픈 냄새를 폴폴 풍기는 사람들. 할머니도 그랬고, 이 동네에 와서도 그런 사람들을 본 적이 있다. 내게 밥을 주던 아저씨에게서도 살짝 풍겼다. 나는 그런 사람을 그냥 지나칠 수가 없다. 그래서 작은 사람의 발치에 가만히 앉았다. 무릎에 올려놓은 손을 한 번 핥았다. 손이 차가웠다. 좀 더 가까이 다가갔다. 여자아이였다. 나는 아이의 신발 위에 머리를 얹었다. 그러곤 스르르 잠이 들었다.

여자아이가 잠에서 깨고 집으로 갈 때 따라나선 건 걱정이 되어서다. 아이는 슬퍼 보였고, 밤이라 주위가 어두웠다. 걸으면서 여자아이가 내게 말을 걸었는데 목소리가 다정해서 기분이 좋았다. 아이가 탄 자동차가 사라지는 걸 바라보는데 이상하게 쓸쓸했다. 잠시였지만, 여자아이와 체온을 나누었던 순간이 그리워질 것 같았다.

다음 날 여자아이가 다시 나를 찾아왔다. 얼마나 기쁘던지. 집까지 따라갈 생각은 아니었다. 그런데 가다 보니 익숙한 길이었다. 아이가 간 집은 한동안 내가 지내던, 마당에 커다란 나무가 몇 그루 있는 집이었다. 처음 이 동네에 왔을 때 그 집 뒤 숲에 있다가 밤이 되면 창고에 들어가 잠을 잔 적이 있었다. 그 집 아줌마가 늘 마당에 나와 일을 했다. 음악을 틀어 놓거나 흥얼흥얼 노래를 하면서. 기분이 좋아지는 집이었다. 슬픈 냄새를 풍기는 그 아이가 걱정이 되어 따라간 건데, 나는 그곳이 마음에 들어 버렸다. 그 집 아저씨가 매일 맛있는 고기를 주어서 거기 머물러야겠다고 결심한 건 아니다, 절대. 그저 이곳이라면 좋을 것 같았다. 할머니와 살던 집을 찾지 못한다면, 그래서 내가 살 집을 선택해야 한다면 더할 나위 없이 좋은 곳이라고.

어딘가로 가서 털을 깎고 목욕하고 주사를 맞을 때는 무서웠고, 화가 났고, 고통스러웠다. 하지만 은수와 같이 잠자고 밥을 먹고 산책하고 함께 시간을 보내는 것이 좋았다. 사람들이 이런 기분을 표현하는 말이 있던데…… 뭐였더라?

*

어디 가는 걸까? 차 안에서 나는 희한한 냄새, 도무지 모르겠다. 앞자리에 앉은 두 사람과 내 등에 손을 얹고 간간이 쓰다듬는 은수. 세 사람 모두 말이 없다. 은수에게서 내가 맡아 본 적 없는, 알 수 없는 냄새가 난다. 앞의 두 사람에게서도. 인간은 다양한 냄새를 풍기는 참 복잡한 존재인 것 같다.

엊그제 오전, 따스한 햇살이 들어오는 거실 창가에 앉아 졸고 있었다. 낯선 자동차가 집 쪽으로 다가오는 게 보였다. 이따금 오는 우체국 차나 은수 이모들 차가 아니었다. 나는 맹수처럼 짖어 대며 은수와 아저씨에게 위험 신호를 보냈다. 차에서 남자와 여자가 내렸다. 두 사람이 집 안으로 들어왔다. 알 수 없는 냄새는 그때부터 났다. 나는 은수를 지키기 위해 두 사람에게 으르렁거리며 다가오지 말라는 신호를 보냈다.

"볼보, 괜찮아. 짖지 마. 엄마 아빠야."

은수가 내 머리를 쓰다듬으며 말했다.

"네가 볼보구나."

은수 엄마가 나를 보더니 웃음을 터트렸다. 순간 은수 엄마에게 나는 냄새가 좋았다. 은수처럼 나를 좋아해 줄 것 같았다.

은수 아빠에게서는 슬픈 냄새가 났다. 처음 은수를 만났을 때 나던 것과 비슷한, 하지만 더욱더 진한 냄새였다.

두 사람이 온 뒤 집안 분위기가 달라졌다. 무언가를 먹는 시간이 길었고, 이야기를 많이 나누었다. 넷이 모여 앉아, 둘 혹은 셋이 따로따로. 대부분 심각했고, 가끔 화기애애했다. 대화를 할 때 간간이 복순이 혹은 볼보라는 단어가 들리곤 했다. 그럴 때마다 모두의 시선이 내 쪽으로 향했다. 분명 내 이야기일 텐데, 무슨 일인지 알 수가 없었다. 혹시 내가 이 집에서 나가야 하는 건 아닐까. 은수랑 헤어지고 싶지 않은데. 그리워할 사람이 더 생기는 건 싫다.

나는 은수 무릎에 얼굴을 얹고 자다 깨다 했다. 한참 뒤 자동차가 섰다. 우리가 내린 곳은 네모난 회색 건물 앞 주차장이었다. 언젠가 털을 밀고 주사를 맞은 그 무시무시한 건물이 떠올라 겁이 났다. 은수가 차에서 내릴 때 평소처럼 따라 내리지 않고 의자 밑에 숨었다. 은수가 나를 달래다가 거의 끌어내다시피 해서 밖으로 나갔다. 풍경이 적막한 곳이었다. 건물 안에서 두 사람이 나와 우리를 맞았다. 그들을 따라 건물 뒤로 갔다. 꽃과 나무가 듬성듬성 심겨 있고 야외 테이블 몇 개가 놓인 장소가 나왔다. 그곳의 냄새가 마음에 들지 않았다.

오래 있지 않아 건물 유리문이 열렸다. 안에서 사람들이 나왔는데……. 아, 할머니, 할머니 냄새가 났다. 모두 하얀색 천으로 얼굴의 반을 가리고 있지만 나는 알아볼 수 있었다. 보고 싶었던 할머니. 더 이상 볼 수 없을 거라고 생각했던 할머니가 앞에 있었다. 할머니 의자를 밀고 있는 사람은 선자 아줌마다. 오래 전 나를 할머니에게 데려다준 사람.

"어머, 복순아."

아줌마 목소리가 들렸다.

아줌마가 다가와 내 몸을 쓰다듬었다.

"살아 있었구나, 살아 있었어."

기뻤다. 걷잡을 수 없이 반가웠다. 나는 껑충껑충 뛰고 꼬리를 흔들며 두 사람을 만나 반가운 내 마음을 표현하기 바빴다. 그런데 뭔가 이상했다. 할머니가 나를 보고도 아무런 말이나 행동도 하지 않았다. 할머니의 눈은 주변 풍경보다 더 적막했다. 나를 보고 있지만 시선은 내 뒤쪽 어딘가를 보고 있는 것 같았다.

"엄마, 복순이에요, 복순이. 복순이가 살아 있었어."

선자 아줌마가 할머니를 흔들며 말했다.

할머니가 눈을 끔벅끔벅했다. 몇 번이고 끔벅거려도 예전의 다정한 눈빛으로 돌아오지 않았다.

"아유, 엄마. 복순이 기억 안 나? 복순이는 이렇게 좋아하는데 울 엄마 영 기억이 안 나나 보네."

"복순이?"

할머니가 내가 아닌 허공을 바라보면서 말했다.

"복순이가 왔다고?"

할머니가 휠체어에서 일어나려고 했다. 하지만 금세 다시 주저앉아 버렸다.

"전화로 말씀 드렸다시피 저희 어머니가 치매가 와서 기억을 못 하네요. 복순이를 엄청 이뻐했는데……. 지난해부터 조금씩 진행되다가 사고 이후로 심해졌어요. 그러니까 복순이를 잃어버린 날, 사고가 있었어요. 작년 가을, 9월 초였지 아마. 엄마가 얘를 데리고 산책을 나갔는데 좀 멀리 갔나 봐요. 병원에서 연락이 와서 가 보니까 노인네가 집에서 한참 떨어진 국도에서 발견되었다는 거예요. 얼마나 기가 막히던지. 지금도 그때 생각하면 심장이 벌렁거린다니까요. 오토바이가, 왜 있잖아요. 국도에서 부르릉부르릉하면서 시끄럽게 떼 지어 달리는 오토바이족, 걔들이 스치듯이 지나가는 바람에 노인네가 놀라서 넘어진 거예요. 오토바이에 치이진 않았는데 넘어지면서 기절을 했나 보더라고요. 갈비뼈에 금이 가고 얼굴 여기 한쪽이 시퍼렇게 멍이 들었다니까요. 다행히 양심은 있는 애들인지 구급차 부르고……."

아줌마 말소리가 끝없이 시끄럽게 이어졌다. 오토바이 소리에 뒤지지 않았다. 부르릉부르릉, 아줌마 입에서 나오는 그 소리에 그날의 일이 선명하게 떠올랐다.

할머니와 산책을 나갔다. 여느 때처럼 동네를 한 바퀴 돌았는데 할머니는 집으로 가지 않고 동네를 벗어나서 하염없이 걸었다. 나는 평소 다니지 않던 길의 낯선 냄새에 흥분을 했던 것 같다. 신나게 냄새를 맡으며 돌아다녔다. 그러다가 다리가 아프고 목이 말라 고개를 들었다. 할머니는 한참 뒤에 있었는데 조금 이상했다. 멍하니 서서 두리번거리는 게 꼭 자다 깬 사람 같았다. 여기가 어디쯤인지 집에서 얼마나 멀리 온 건지 나도 알 수 없었다. 그때 그 일이 일어났다.

땅이 울리면서 무시무시한 소리가 났다. 내가 가장 무서워하는 천둥소리 비슷했다. 오토바이 여러 대가 줄지어 나타났다. 오토바이들이 지나갈 때 할머니가 넘어졌다. 맨 뒤에서 달리던 오토바이가 멈춰 섰다. 앞서 달리던 오토바이들도 돌아왔다. 오토바이들이 할머니를 에워쌌다. 나는 할머니에게 다가가지 못하고 수풀 뒤에 숨어 지켜보았다. 잠시 후 요란한 소리를 내며 도착한 차에 할머니가 실려 가는 것을 보았다. 그게 마지막이었다. 할머니와의 시간이.

할머니가 탄 차를 따라서 달렸다. 기를 쓰고 달렸지만 따라잡을 수 없었다. 집으로 돌아가기 위해 하염없이 걸었다. 낯선 냄새들 속에서 익숙한 냄새를 찾으면서 걸었다. 몇 날 며칠이 지났는지 알 수 없었다. 낯선 마을을 지나고 산속을 헤맸다. 어느 날, 진한 물 냄새를 맡았다. 할머니 집 근처에 있는 저수지에서 나는 냄새와 비슷했다. 정신없이 냄새를 따라 달렸다. 숲을 벗어났을 때 너른 저수지가 눈앞에 펼쳐졌다. 비릿하면서도 상쾌하고 익숙한 물 냄새가 와락 달려들었다. 하지만 할머니 집이 있는 동네가 아니었다. 가까운 곳에 집이 한 채 있었다. 상자처럼 생긴 집이었다. 마당에는 커다란 손이 달린 이상한 자동차가 서 있었다.

"복순이, 복순이가 어디 있어?"
갑자기 할머니가 소리를 질렀다.
내가 바로 눈앞에 있는데, 할머니는 나를 알아보지도 못하면서 복순이를 찾았다.
"할머니가 기억이 나셨나 봐요."
이제껏 잠자코 있던 은수가 말했다.
나는 낑낑거리고 짖으면서 내가 여기 있다고 알렸으나 할머니는 내 쪽은 쳐다보지도 않았다.
"아유, 엄마. 엄마 친구 복순이 말고 강아지 복순이. 기억 안 나? 엄마가 제일 친한 친구 이름 붙여 준 귀여운 강아지 말야."
"복순이, 복순이. 어어어헝."
할머니가 복순이를 부르면서 어린애처럼 울었다. 얼굴의 주름 사이에 눈물이 고였다가 흘러내렸다.
"아, 복순이라는 친구 분을 기다리시나 보네요."
은수 아빠 말에 아줌마가 속상하다는 듯이, 목소리를 죽여 말했다.

"엄마가 이젠 옛날 일밖에 기억을 못 하시나 봐요. 어릴 때 복순이라는 친구가 있었대요. 그런데 그분이 젊었을 때 돌아가셨거든요. 제가 재작년에 엄마 혼자 적적하실까 봐 강아지를 한 마리 구해서 가져다드렸어요. 애를 보더니 엄마가……."

아줌마가 내게로 시선을 돌려 내 얼굴을 보면서 말을 이어 나갔다.

"아이고, 눈이 똘망똘망한 게 내 친구 복순이를 닮았네. 그러는 거예요. 아주 친했던 친구가 젊을 때 죽었는데 시집살이하느라 장례식에 가 보지도 못했다고 시어머니 원망하는 소리를 자주 했거든요. 그 친구 이름이 복순이라고."

"아, 그렇군요."

은수네 식구가 동시에 고개를 끄덕이며 합창하듯 말했다.

"어쨌든 고맙네요. 복순이를 이렇게 잘 거두어 줘서. 엄마가 지금은 못 알아봐도 가끔 정신이 돌아올 때가 있거든요. 그럼 얘기할게요. 복순이 죽지 않고 잘 살고 있다고요. 좋은 집에 가서 사랑받으며 살고 있다고요. 분명 엄마도 고마워할 거예요. 학생 고마워."

아줌마가 은수 손을 꼭 잡으며 말했다.

결국 할머니는 나를 알아보지 못했다. 할머니의 휠체어가 돌아서는 걸 보면서 나는 섭섭한 나머지 월월월월 길게 울었다. 요양원 안으로 들어가는 순간 할머니가 뒤를 돌아보았다. 문이 닫히기 직전 나와 눈이 마주쳤다. 아주 짧은 순간이었지만, 할머니가 빙긋 웃었던 것 같다.

집으로 돌아가는 차 안은 올 때와는 공기가 조금 달랐다.
"아유, 그 여자. 대단하네. 따발총인 줄 알았어. 우리 입도 뻥긋 못 하고 듣기만 하다 왔네."
은수 엄마가 고개를 절레절레 흔들며 말했다.
"다행이야. 볼보를 데려간다고 할까 봐 걱정했는데."
은수가 말했다.
"죽은 줄 알았다잖아. 찾지도 않았나 보던데 뭐. 할머니 상태 보니 다시 집으로 돌아가실 수도 없을 것 같고. 복순이, 아니 볼보는 이제 우리 식구야. 걱정하지 마."
은수 엄마가 몸을 돌려 내 얼굴을 보며 말했다.
"그런데 얘 이름에 그런 사연이 있는 줄 몰랐네. 복순이가 비극의 여주인공 이름이었어."
은수는 오래도록 내 머리와 등을 쓰다듬었다. 얼굴엔 보일 듯 말 듯 희미하게 미소가 떠올랐다.
차 안에는 창으로 스며든 햇살이 가득했다. 난 햇살을 덮고 달콤하게 잠 속으로 빠져들어 갔다.

작가의 말

 전 세계에 전염병이 퍼져 집 안에 갇혀 지내야 하던 시기가 있었다. 나는 남편과 짐을 꾸려 피난하듯 시골로 갔다. 평일은 도시에서 지내다 주말에 가서 텃밭을 가꾸거나 쉬던 곳이었다. 우리는 전염병이 잠잠해질 때까지만 있기로 했다.
 어느 날 마당으로 강아지 한 마리가 들어왔다. 눈 뜨고 볼 수 없을 정도로 꼬질꼬질한 몰티즈였다. 이 작은 강아지가 어떤 사연으로 외진 마을을 배회하는 걸까 궁금했다. 밥을 챙겨 주고 담요를 덮어 주다가 함께 살게 되었다. 이후 삶이 내가 생각지 못한 방향으로 바뀌었다.
 날마다 강아지랑 저수지를 산책했다. 이 책에 나오는 '칠 남매집'이 있는 마을처럼 벚꽃 길이 있고 저녁이면 아름다운 노을을 볼 수 있는 곳이다. 그러다 보니 동네에 정이 들었고, 평생 살아도 괜찮을 것 같았다. 우리는 도시 생활을 접고 이곳에 집을 지어 이사했다.
 강아지와 함께 살면서 인간이 아닌 생명체가 달리 보였다. 튤립 알뿌리를 심으려 땅을 파다가 지렁이가 나와도 이제는 깜짝 놀라지 않는다. 길고양이나 목줄 없이 혼자 돌아다니는 강아지를 보면 그들의 끼니가 걱정된다. 나는 착하지도 다정하지도 않은 사람인데…….

2021년 봄, 토지문화원에 머물며 이 소설을 구상했다. 매지리에 매화와 벚꽃, 복숭아꽃이 피었을 때 동료 작가들과, 때로는 혼자 산책을 했다. 자주 가던 산책로의 빈 땅에 낡은 포클레인이 서 있는 걸 보았다. 몇 날 며칠 그곳에 있는 포클레인에 사연이 있을 것 같았다. 우리 마당에 들어온 강아지처럼.

말이 없는 두 존재에 대한 호기심에서 출발해 여기까지 왔다. 어리고 약한 존재들과 절망에 빠진 청소년을 보듬는 품이 넉넉한 어른이 된다는 건 멋진 일이다. 쓰는 동안만큼은 그런 사람이 된 것 같았다.

2025년 봄, 김혜연

E. L. 코닉스버그 『클로디아의 비밀』(비룡소, 2000)
이소영 『식물의 책』(책읽는수요일, 2019)
허환주 『열여덟, 일터로 나가다』(후마니타스, 2019)

본문에서 박물관으로 가출한 어린이가 나오는 동화, 주현이 식물을 그리는 계기, 동수의 현장 실습생 에피소드는 위의 책을 참고했음을 알립니다.